Judy Pascoe

Erzähl mir, großer Baum…

Judy Pascoe

Erzähl mir, großer Baum...

Roman

Aus dem Englischen von
Holger Wolandt

Knaur

Die englische Originalausgabe erschien 2002 unter dem Titel
Our Father Who Art in the Tree
bei Viking, an imprint of Penguin Books, London.

Besuchen Sie uns im Internet
www.knaur.de

ISBN 3-426-66131-4

Ein Unternehmen der Droemerschen Verlagsanstalt
Th. Knaur Nachf. GmbH & Co. KG, München
Umschlaggestaltung: ZERO Werbeagentur, München
Umschlagillustration und Vignetten im Innenteil: Almud Kunert
Gesetzt aus der AGaramond 11/13,5 Punkt
Druck und Bindung: Ebner & Spiegel, Ulm
Printed in Germany

In Erinnerung an
Noel Edward Pascoe
(1929 – 1984)

1. Kapitel

Es war ganz einfach, Heilige waren im Himmel, Schutzengel hatten Flügel wie Batman, und mein Dad war gestorben und lebte im Baum hinter dem Haus.

Wochenlang hatte er gerufen, so wie ich immer über den Zaun meine Freundin Megan rief. Ich verstand den Witz jedoch nicht: Mein toter Vater versuchte, meine Aufmerksamkeit zu wecken und mit mir auf eine Art zu reden, die ich verstand. Jeden Abend dasselbe. Ich preschte durch den Garten, am Baum vorbei und die Außentreppe hoch und summte die ganze Zeit wie wild vor mich hin, nur um seine Stimme zu übertönen.

Zum ersten Mal hatte ich ihn an dem Abend, nachdem wir auf dem Friedhof gewesen waren, rufen hören. Ich hatte an seinem Grab gestanden und die Ameisen über die trockene Erde krabbeln sehen. Ihr Bau in der roten Erde hatte stecknadelkopfgroße Eingänge. Grauenhaft fand ich das und meinte damit die Ameisen.

»Mach dir wegen der Ameisen keine Sorgen«, hörte ich ihn sagen.

Ich antwortete in Gedanken: »Sie sind überall, warum sind es so viele?« Und damit meinte ich: »Rede ich wirklich mit dir?«

»Sie haben viel zu tun«, antwortete er. »Ja, ich bin das.«

Ich hasste den Gedanken, dass er unter der Erde war. Eines Nachts hatte ich geträumt, er hätte an einer Schnur gezogen, und in seinem dunklen Sarg wäre ein Licht angegangen. Im Traum sah ich einen Querschnitt der Erde. Erst eine dünne grüne Linie Gras, dann eine Masse brauner Erde, dann mein Vater, der mit einer leuchtenden nackten Glühbirne neben seinem Kopf im Sarg lag.

An diesem Nachmittag lehnte ich am hinteren Zaun. Zwischen mir und dem Haus stand der dunkle Baum, riesig und mit Ästen, die so weit herabhingen, dass sie den stachligen Rasen, mehr Unkraut als Gras, berührten. Drohend ragte er über mir auf und schaute auf mich herab wie ein Gigant. Ein Kreis von Blättern ganz weit oben bewegte sich.

Ich rannte, so schnell mich meine streichholzdünnen Beine trugen, über den Rasen und am Baum vorbei. Ich hörte, wie er mich rief, genauso wie ich immer am Lattenzaun zu Megan hinüberkrakeelte.

»Megan.« Ich zog den Namen manchmal fünfzehn Sekunden in die Länge, was die Nachbarn zur Verzweiflung brachte. Mrs. Johnson, die auf der anderen Seite des Baums wohnte, beklagte sich bei meiner Mutter.

»Muss sie so schreien? Sie klingt wie ein verwundetes Tier.«

»Megan«, rief ich dann ein zweites Mal. Ich begann mit »Me«, senkte dann für das »gan« die Stimme und zog das »n« so in die Länge, dass es wie der heisere Ruf der Wildgans klang.

Der Baum rief nach »Simone« mit Betonung auf dem »on«. Beim zweiten Mal zog er das »on« in die Länge, so wie ich das mit Megans »gan« machte. Er übertrieb vollkommen, und das wäre nicht nötig, um

meine Aufmerksamkeit zu erregen. Der dritte, fast schon verzweifelte Ruf kam immer, wenn ich mich beinahe schon auf der Außentreppe befand, und dauerte alle zweiundzwanzig Stufen, bis die Hintertür hinter mir ins Schloss fiel.
Ich ließ mich am Küchentisch auf einen Stuhl sinken. Meine Mutter stand an der Bratpfanne und wandte mir den Rücken zu. In den letzten drei Monaten hatte sie kaum noch gekocht, und mir war der Anblick meines Bruders in der Küche vertrauter. In der Hitze des brutzelnden Fleisches weiteten sich ihre Poren.
Christus persönlich hing an seinem großen Pluszeichen und sah zu mir herunter, und das orangene Tischtuch gab zusammen mit der Leuchtstoffröhre meiner sonnengebräunten Haut eine tabakgelbe Färbung.
Viel später, nachdem ich halbherzig meine Hausaufgaben durchgesehen hatte – die ganz feucht geworden waren, weil mein älterer Bruder Edward den Tisch so schlampig abgewischt hatte –, ging ich zu Bett.

»Simone, Simone«, jammerte der Baum. Seine Stimme flüsterte durch die Fliegengitter.
Abrupt schlug ich die Decke zurück, rannte zum Bett meines Bruders, rammte ihm meinen Ellbogen in die Seite und schob ihn schlafend näher an die Wand heran, um für mich Platz zu machen.
Der Baum war einige Minuten lang still, und ich lag da und betrachtete den Platz in meinem leeren Bett, wo ich eigentlich hätte schlafen sollen. Falls der Baum heute Nacht angreifen wollte, war ich bereit. Solange meine Mutter nicht zum Gute-Nacht-Sagen kam und mein

Bett leer fand, war ich im Bett meines Bruders sicher. Und falls der Baum in das Zimmer eindringen sollte, würde ich mir einfach den Stuhl neben dem Bett schnappen und das Spielzeug und die Kleider beiseite fegen. Ich würde ihn als Schutzschild gebrauchen, um mich und meinen kleinen Bruder vor seinen Klauen zu schützen. An der Tür würde ich den Stuhl auf seine kriechenden Fühler schleudern. Ich stellte mir seinen Angriff wie den eines Kraken vor. Ich würde die Tür hinter mir zuknallen und Fersengeld geben.

»Simone«, ließ sich die Stimme des Baums aus der Dunkelheit vernehmen. Ich summte vor mich hin und versuchte, die Klage nicht zu hören.

Durch die Holzwände vernahm ich Stimmen. Leises Flüstern und die tröstenden Worte von Mr. Reardon. Ich stellte mir vor, wie er mit seinen schokoladenbraunen Augen ungerührt meine weinende Mutter anblickte. Seine sonore Stimme übertönte das Geraschel von Papieren.

Nach dem Abendessen hatte sich meine Mutter auf den Küchenstuhl gestellt. Ich schaute von meinen Hausaufgaben auf und sah ihre kräftigen Wadenmuskeln, als sie sich zum Dielenschrank reckte. Mr. Reardon war der Buchhalter der Kirche, und jetzt kramte er in den Papieren, die im Karton von Edwards schwarzen Schuluniformschuhen (Größe 46½) lagerten. Ich hörte ihre lauter und leiser werdenden Stimmen. Meine Mutter schluchzte, Mr. Reardon tröstete sie, dann erneutes Geraschel. Schrappen eines Stifts auf Papier, schließlich bewegten sich die Stimmen Richtung Haustür. Die schwere Glastür schloss sich. Das Geräusch der leichten Schritte meiner Mutter, ein Küchen-

stuhl wurde über die Bodenfliesen gezogen und der Schuhkarton zurückgestellt.
Gerard schniefte im Schlaf und schlug mit einem Arm um sich. Er stieß mich aus dem Bett, als er sich wieder gerade hinlegte. Er hat keine Ahnung, dachte ich, als ich über den Fußboden zu meinem Bett kroch. Er schlief mit seinem Teddy im Arm und wartete darauf, dass im Januar die Schule beginnen würde. Er würde noch früh genug darauf kommen, dass er dann nicht mehr den ganzen Tag spielen konnte.
Beim Baum quakten Frösche, und ich sah zu, dass ich ins Bett kam. Das letzte Stück legte ich in einem Satz zurück. Ich zog die Decke über die Nase, legte ein Kissen aufs Gesicht und versuchte zu schlafen, aber meine Mutter weinte zu laut. Ich versuchte, sie zu übertönen: »Hallo Kathole, da auf dem Klotz.« Ich wiederholte diesen idiotischen Satz, den mir die Kinder von der staatlichen Schule hinterhergerufen hatten. Sie versteckten sich hinter dem Hibiskus mit den Heuschrecken, der am Rand von Mr. Beattys Grundstück aus einem Reifen wuchs, und quälten mich mit diesem sinnlosen Spruch, den ich jetzt immer wieder vor mich hin sang, um die Tränen meiner Mutter und das Klagelied meines Vaters aus dem Baum vor dem Fenster nicht hören zu müssen. Dieses Klagelied war mittlerweile zu einem schwachen Säuseln geworden. In meinem Bett würde ich heute nicht zur Ruhe kommen.
Ich drückte die Tür zum Zimmer meiner Mutter auf. Die Last ihrer Trauer hing in den Wänden und Einbauschränken. Die Möbel waren voll davon. Dazu kam noch die Hitze ihrer Tränen. Meine Mutter fuhr zusammen, als sie mich sah, dann nahm sie mich in die Arme.

»Tut mir Leid, Liebes, ich heule schon wieder.«
»Ich weiß.« Ich ließ mich von ihr umarmen.
»Ich hör' schon auf. Es tut mir Leid.«
Es war wieder nicht der passende Augenblick, um ihr zu erzählen, dass Dad draußen im Baum saß. Wann würde wohl der richtige Moment kommen, um ihr zu sagen, dass sie mit ihm reden konnte, wenn sie das wollte?

2. Kapitel

Megan«, rief es von der Tür zur Waschküche. »Komm jetzt rein.« Die Stimme wartete auf Widerspruch, aber es kam keiner.
»Ich komme«, antwortete Megan ihrer Mutter und sprang von der riesigen Schaukel, auf der wir saßen. Ich kippte unerwartet nach hinten und sah den Himmel einen Augenblick lang verkehrt herum, im Westen den ausgefransten Rand orangener Wolken mit einem leuchtenden Stern.
»Der Abendstern! Ich hab' ihn als Erste gesehen«, sagte ich und landete neben Megan.
»Du hast gewonnen«, erwiderte sie und hopste die Betonplatten entlang, die zur Tür ihrer Waschküche führten.
Auf der anderen Seite des Zauns ging über der Hintertür der Familie Lucas das Licht an, und Mr. Lucas kam ins Freie. Er ging die Stufen hinunter, blieb einen Augenblick stehen, schaute in den Abendhimmel und stellte dann den Gartenschlauch an. Dieser lag auf dem Hof und wand sich wie eine verwundete Schlange, als das Wasser hineinschoss.
Ich öffnete die Pforte im Lattenzaun zwischen unserem Garten und Megans. Das schwärzliche Holz war von grünlichen Pilzen bedeckt, die in der Sommersonne immer weißer wurden.

Die Pforte fiel ins Schloss, während sich lila Dämmerung über das Land senkte.

»Bis morgen«, rief ich, aber Megan war bereits im dunklen Windfang an der Rückseite ihres Hauses verschwunden.

»Ich muss Hausaufgaben machen«, sagte ich zu niemand im Speziellen, dann drehte ich mich zu dem Tunnel aus Dunkelheit um.

»Simone.« Ich hörte meine Mutter. Das Fliegengitter vor der Hintertür dämpfte ihre Stimme und verlieh ihr eine lila Färbung.

»Ich komme«, erwiderte ich.

Die Melodie unserer Stimmen glich einer heiteren Weise, die sich in der Vorstadt einen Weg bahnte.

Ich wollte gerade über die Wiese laufen. Doch diesen Nachmittag war der Baum still geblieben, er hatte aufgehört, so kläglich zu rufen. Schweigend bewachte er das Haus. Da wusste ich, dass Dad tot war, die Ameisen hatten ihn erwischt, und zwar gründlich. Ich machte mir nicht die Mühe, über den Hof zu rennen, ich ging langsam und gewöhnte mich daran, dass er nicht mehr im Baum weilte. Vielleicht war er ja nie dort gewesen.

Da kletterte ich auch schon die Holzleiter hinauf, die unten an den Baumstamm genagelt war, nur um sicherzugehen, dass er auch wirklich weg war. Ich kletterte immer höher, nichts von ihm zu sehen, noch höher, immer Ausschau haltend nach ihm, bis ich auf einem Ast ganz oben im Baum kauerte und in den Abendhimmel starrte, an dem sich die Wolken wie aufgepeitscht fächerförmig ausbreiteten.

Ich war den Baum schon hundertmal hochgeklettert, aber nie am letzten Laub vorbei zu diesem neuen Thron, diesem stabilen Ast, der zehn Fuß höher lag. Dieses letzte Stück machte einen gewaltigen Unterschied. Eine zusätzliche Schicht Blätter legte sich vor den Lärm der Welt und dämpfte ihn. Über mir waren nur noch ein paar wenige Blätterbüschel, dann Himmel. Hier oben hörte man andere Geräusche, andere Stimmen, und der Wind in den Ästen klang anders. Vögel schlugen mit den Flügeln, und über meiner rechten Schulter ließ sich eine Stimme vernehmen:

»Ich habe eine Weile gebraucht, bis mir klar war, wo ich bin«, begann er. »Ich wachte auf und sah deinen Großvater, und da wusste ich, dass ich tot bin.«

Das war mein Dad, der da sprach. Vermutlich nickte ich, weil es so aufregend war, endlich bestätigt zu bekommen, was ich immer gewusst hatte. Kletterte man in dem Baum in unserem Garten nur hoch genug, dann kam man in eine andere Welt.

»Da wurde mir klar, dass ich euch alle verlassen hatte. Ich wollte gar nicht sterben«, sagte er. »Aber so schlimm ist das nicht. Sag deiner Mutter, dass es mir gut geht. Ich werde sie immer lieben.«

Die Welt erschien von dort aus, wo ich saß, perfekt. In die Astgabelung geschmiegt hatte ich das Gefühl, mein Vater hielte mich. Er war für mich kein Toter mehr, der in Ameisenerde bestattet worden war, sondern ein Lebender. Der Wind fuhr durch sein altes Gärtnerhemd, so dass es von den aschgrauen Haaren auf seiner Brust abstand. Das war ein Vater, den ich bereits vergessen hatte, der Vater, der zur Arbeit ging und nach Hause kam, der auf dem jetzt leeren Stuhl am Tischende gesessen hatte, der Schwimmen und Rechnen konnte und immer Geld übrig hatte. Ich hasste ihn nicht mehr so, weil er gestorben war, denn zum ersten Mal seit seinem Tod konnte ich mich daran erinnern, wie er gewesen war, als er noch lebte.

Die aufgewühlten Wolken am Horizont lagen inzwischen in einem Punkt- und Strichmuster über der Vorstadt. Allmählich wurde mir kalt. Es war Winter, und morgens war es so eisig, dass ich meine Kleider ans Fußende des Betts legte, damit ich mich nach dem Aufwachen unter der Decke anziehen konnte. Die Sonne bahnte sich nicht mit der gewohnten Intensität einen Weg über den Himmel, so wie sie es in einigen Monaten wieder tun würde. Dann würde die Hitze zurückkommen, die den Asphalt zum Schmelzen brachte und Gesichter krebsrot verbrannte. Die Erwachsenen klagten dann unablässig, so wie sie sich jetzt über die Kälte ärgerten.

Da drangen von unten die Geräusche der sterblichen Welt zu uns. Megans Vater und Brüder waren mit dem Abendessen fertig und in ihre Garage gegangen. Von der Seitenwand des Wellblechschuppens ließen sie die an Seilen und Flaschenzügen aufgehängte Modelleisenbahn herab. Ich hörte den Transformator auf der Spanplatte summen, als der Zug die Gleise entlangzusausen begann und den Hügel zu einem Bahnhof hinaufkeuchte, vor dem Miniaturfiguren aufs Zusteigen warteten. In ihrer Küche klapperte Mrs. Johnson. Sie leerte den Inhalt eines Topfs in ein Sieb. Wasserdampf stieg auf, und ihre Brillengläser beschlugen. Über mir kreisten fast lautlos ein paar Fledermäuse. Dann klimperten in der Ferne die Milchflaschendeckel, die Mrs. Pitteville aufgehängt hatte, damit die Krähen ihre Tomatenpflanzen in Ruhe ließen. Diese Geräusche taten sich zusammen, um mich davon abzulenken, was mein Vater sagte. Von der Außentreppe war ein Schrei zu hören – meine Mutter, die sich hektisch durch ihr ungekämmtes Haar fuhr.

»O mein Gott«, schrie sie und stürmte die Holztreppe hinunter. Meine drei Brüder folgten ihr erwartungsvoll grinsend. Edward, mein ältester Bruder, der sechzehn war, dann James, bei dem mir jetzt zum ersten Mal auffiel, dass er meine Mutter inzwischen ebenfalls überragte – er war dreizehn. Und schließlich Gerard, mit fünf Jahren der Jüngste. Ihr Grinsen gefror ein wenig, als sie sahen, wie hoch oben im Baum ich saß. Sie schienen Angst zu bekommen. Ich hatte keine Angst. Ihre Stimmen, die durch das taunasse Laub drangen, klangen gedämpft. Die Stimme meines Vaters, der mir sagte, ich solle sitzen bleiben, klang lauter in meinen Ohren.

Die Feuerwehr rückte an. Der Einsatzwagen kam jedoch an unserem Haus nicht vorbei. Hysterisch trommelte meine Mutter auf die Brust des Feuerwehrhauptmanns. Ich hatte die Sirenen bereits seit Keperra den Hügel herunterkommen hören, vorbei an den Autokinos, dem Redemptoristenkloster, in dem alte Mönche lebten, mit Ohren so groß wie die afrikanischer Elefanten, und vorbei am Schulsportplatz, der an ein griechisches Amphitheater erinnerte, das ich einmal auf einem Foto gesehen hatte. Ich hatte die Sirenen gehört, aber hatte nicht begriffen, dass die Feuerwehrleute auf dem Weg waren, mich zu retten. Sie mussten sich erst um meine Mutter kümmern, die den Baum verfluchte und anschließend meine Brüder ausschimpfte. Sie schrie ihnen erst zu, sie sollten auf den Baum klettern, dann, sie sollten innehalten, dann, sie sollten weiterklettern, schließlich wieder, sie sollten innehalten. An mein Alter konnte sie sich auch nicht erinnern, als sie danach gefragt wurde. Sie sagte, ich sei neun, obwohl ich schon zehneinviertel war. Irgendwo unter mir kletterte Edward. Ich hörte, dass er mir zurief, nicht wie mein Vater in zwei Silben, sondern drohend in einem Wort – Simone.

Eine Leiter wurde in einen Ast unter mir eingehakt. Ihr folgte der Kopf eines Feuerwehrmanns.

»Hallo, Kleine«, sagte er. Er nahm meine Hand und begann mit mir die Leiter hinunterzuklettern. Ich hätte das mühelos allein tun können. Dazu brauchte ich nicht die Hilfe eines Feuerwehrmanns und einer Leiter. Unten hatte ich Publikum. Winzige Gestalten wie die Leute auf dem Bahnsteig von Mr. Kings Modelleisenbahn standen in ihren Gärten und sahen nach oben. Ich winkte nach unten. Megan saß auf ihrer riesigen Schaukel, wie ein russischer Akrobat die Sitzbank zwischen den Knien, schaukelte hin und her und winkte.

»Ich schaff das schon allein«, sagte ich.

»Mag sein, aber jetzt bin ich da«, sagte er, »und deine Mutter da unten kriegt Zustände. Wir benutzen also lieber meine Leiter.«

3. Kapitel

Ich wurde bestraft. Ich musste in meinem Zimmer bleiben, bis es mir Leid tat, und darüber nachdenken, was ich angestellt hatte. Das tat ich auch, und je mehr ich darüber nachdachte, desto dringlicher wurde mein Wunsch, den Baum erneut zu besteigen. Deswegen konnte ich auch nicht behaupten, dass es mir Leid täte. Schließlich gestand ich meine Schuld aber doch ein, weil ich Hunger hatte. Edward grinste, als ich um neun endlich mein Zimmer verließ. Er saß in der Nische neben der Hintertür, in der die Nähmaschine ihr Dasein fristete, über seinen Büchern.

»Gute Aktion«, sagte er.

»Allerdings.« Ich rannte in die Küche und direkt zum Kühlschrank.

Er hob sein Chemiebuch hoch, ein Riesenteil, groß wie ein Schuhkarton. Sein Physik- und Biologiebuch waren fast ebenso schwer. Alle drei wogen so viel, dass ich seine Schultasche kaum heben konnte, wenn er sie darin verstaut hatte. Hinter den Wälzern hatte er Kekse und ein Glas rote Limonade versteckt. Er ließ mich einen Schluck trinken und gab mir eine Hand voll Kekse.

Ich aß sie zusammen mit dem Erdnussbutterbrot in meinem Zimmer und hoffte, mein kleiner Bruder Gerard, der gerade erst eingeschlafen war, würde nicht aufwachen und anfangen zu plärren. Als meine

Mutter kam, um den Teller zu holen, kniete sie sich wie eine reuige Sünderin neben mein Bett und betete.

»Gott, ich dachte, du würdest sterben«, begann sie. »Das hätte ich nicht überlebt.«

Doch nun änderte sich ihr Ton. »Aber wenn du das noch mal tust, dann … Dann bekommst du eine richtige Tracht Prügel, so wahr mir Gott helfe.«

»Amen«, dachte ich. Schließlich war es eine Art Gebet gewesen.

Als sie ging, nahm sie den leeren Teller mit. Ich hatte noch immer Hunger, also wartete ich ein paar Minuten und schlich wieder aus dem Zimmer. Die Feuerwehr war weg, dafür war Mr. Lombardelli gekommen, ein Einwanderer aus Italien, der eine Straße weiter wohnte. Die meisten der Herren, wie wir sie nannten, kamen vorbei, um mit meiner Mutter über Geld, Testamente, Vermögen und Steuern zu sprechen. Mr. Lombardelli allerdings brachte ein Kochbuch vorbei und hatte zahlreiche Vorschläge, wie drei Jungs am besten satt zu kriegen seien.

»Pasta«, stimmte er sein Loblied an. »Passt gut zu Steak, und dazu eine Pilzsauce. Das Rezept stammt von meiner Mutter«, hörte ich ihn sagen, als ich die Diele entlang zu meinem Bruder schlich. Er saß immer noch in der Nische mit der Nähmaschine. Widerwillig teilte er mit mir den Rest der Kekse.

»Der Tod«, hörte ich Mr. Lombardelli von der Haustür aus – es hatte nicht lange gedauert, um vom Essen auf den Tod zu kommen, »ist niemals fair. Mein Vater starb mit fünfzig, und mein Großvater lebt noch immer. Was ergibt das für einen Sinn?«

»Gar keinen«, erwiderte meine Mutter und schloss die Haustür hinter ihm. Ich stürzte in mein Zimmer, ehe sie mich sehen konnte. Ich war eben erst unter das Laken gekrochen, als sie hereinkam. Sie kniete sich neben mein Bett und legte Mr. Lombardellis schweres Kochbuch neben mich. Dann ließ sie ihren Kopf auf mein Kissen fallen.

»Wie ist es im Himmel?«, fragte ich.

»Woher soll ich das wissen?«, entgegnete sie.

»Katherine Padley hat behauptet, dass man dort in wunderschönen Häusern wohnt und den ganzen Tag fernsehen kann.«

»Klingt okay«, meinte sie, nahm das Kochbuch und ging zur Tür. Auf der anderen Seite der Diele im Stockfinstern schlief bereits James, und Gerard im Bett gegenüber schnarchte wie ein alter Mann.

Dann brachte mich irgendetwas dazu, es doch zu sagen, obwohl ich dabei Herzklopfen bekam und ganz verlegen wurde.

»Ich soll dir von Dad ausrichten, dass es ihm gut geht«, murmelte ich.

Sie stand bereits auf der Diele, hatte jedoch genug gehört.

»Was hast du gesagt?« Sie drehte sich auf den Fersen um.

»Ich habe nichts gesagt.«

Ich war zu verängstigt, um ihr den Rest der Nachricht vom Baumwipfel auch noch auszurichten. Sie sprang mir fast ins Gesicht.

»Mach über solche Sachen keine Witze.« Sie war nur wenige Zentimeter von mir entfernt und drückte mir mit dem italienischen Kochbuch die Luft ab.

Meine Mutter war eine ungestüme, flinke Frau und so klein, dass ihr zwei ihrer Kinder bereits über den Kopf gewachsen waren. Ihre blauen

Augen waren braun gesprenkelt, und als sie sich über mich beugte, roch ich ihr ungewaschenes Haar. Schon seit Wochen hatte sie sich nicht mehr die Mühe gemacht, es zu waschen. Ich schämte mich für sie.

»Ich mache keine Witze«, sagte ich.

Sie befreite mich von dem Gewicht des Kochbuchs.

Das war nicht richtig. Ich sollte das nicht sagen, aber als sie zurück zur Tür ging, fühlte ich mich gezwungen, es auszusprechen.

»Dad …«, begann ich.

Sie drehte sich um.

»Dad hat gesagt …«

Sie ging wieder auf mich zu. Sie atmete heftig. Das sah ich ganz deutlich.

»Dad sagt, dass er dich immer lieben wird.«

»Tu mir das nicht an«, hauchte sie mir ins Gesicht.

»Ich habe mit ihm gesprochen. Er ist im Baum«, sagte ich.

Lange Zeit sagte sie nichts. Dann ging sie wortlos aus dem Zimmer und schloss die Tür hinter sich. Das Licht aus der Diele war nur noch ein ganz schmaler Streifen, und ich fühlte mich so schlecht wie nie zuvor. Sie machte sonst nie die Tür hinter sich zu, aber ich hatte zu große Angst. Ich wagte nicht, sie zu bitten, sie wieder zu öffnen.

4. Kapitel

Es mussten einige Stunden vergangen sein, da rüttelte sie mich wach. Ich wusste, dass es spät war, denn das Haus knarrte so wie immer in den einsamen Stunden, nachdem sie zu Bett gegangen war. Mir fiel auf, dass sie keinen Pyjama trug, wobei das nichts zu bedeuten hatte, denn das tat sie ohnehin nur selten. Die Schatten der Äste schwankten an der Wand über Gerards Bett.

»Komm schon.« Sie zog meine Decke zurück. »Zeig es mir.«

Ich schleppte mich hinter ihr die Außentreppe hinunter und gab wie sie Acht, nicht auf das lose Brett recht weit unten zu treten. Vor uns, über uns und uns umschließend war der Laubschirm des riesigen Baums.

»Soll ich da etwa hochklettern?«, fragte meine Mutter. Ich beachtete ihre Frage nicht weiter und übernahm die Führung.

»Es wäre doch nicht das erste Mal«, entgegnete ich.

»Aber seit dem letzten Mal habe ich vier Kinder bekommen«, erwiderte sie.

Sie kletterte die Leiter hoch und folgte mir dann den Stamm hoch bis zum ersten Ast. Dort blieb sie einen Augenblick in der Dunkelheit sitzen und baumelte mit den Beinen.

»Das ist alles ein Traum, okay?« Sie sah mir in die Augen, um sicherzugehen, dass ich zustimmte.

Ich nickte, und wir kletterten weiter. Fünf Äste wuchsen auf der üppigeren Seite des Baums im rechten Winkel aus dem Stamm. Der Abstand zwischen ihnen wurde größer, je höher man kletterte, aber trotzdem konnte man sie so leicht erklimmen wie eine Leiter.

»Wie weit?«, fragte sie.

»Ganz hoch«, sagte ich. »Da hoch.« Ich nickte zum Wipfel.

Meine Mutter kreischte: »O mein Gott!«, als ein dunkles, dreieckiges Wesen sich vom Ast über uns in den Nachthimmel warf. Es war nur ein Flughund, aber die Anstrengung des Aufstiegs war ihr allmählich anzumerken. Sie lehnte sich gegen den Stamm, und ich sah ihr an, dass sie aufgeben wollte. Ich konnte ihr keinen Vorwurf machen. Auch ich sah keinen Sinn mehr darin, mitten in der Nacht unseren Baum hochzuklettern. Auch wenn ich mich dort etwas früher mit meinem Vater unterhalten haben sollte. Allmählich kamen mir Zweifel, ob ich mir das alles nicht doch nur eingebildet hatte. Wie wollte ich wissen, dass er das war? Hatte ich mir meine Fragen vielleicht selbst beantwortet?

Ich wollte nur so schnell wie möglich wieder in mein Bett und Gerard schnarchen hören, aber etwas brachte mich dazu, weiterzuklettern. Vielleicht der Umstand, dass es allzu leicht gewesen wäre, einfach umzudrehen.

»Jetzt müssen wir doch hoch genug sein«, sagte sie.

»Komm schon.« Ich führte sie noch bis in den nächsten Abschnitt des Baums, die Gabelung, die fast bis an die Holzverkleidung des Hauses heranreichte. Ich fühlte mich so, wie ich es schon ein- oder zweimal nach dem Tod meines Vaters empfunden hatte: Als wäre ich die

Mutter und sie das Kind. Ich hatte sogar ihre Unterschrift auf einem Scheck gefälscht, um einen Schulausflug zu bezahlen. Das war nicht schwer, es gab keine Schnörkel und Verzierungen, nur ihren Namen, Dawn O'Neill, in einer großen, eckigen Handschrift wie die einer Erstklässlerin. Ich zog mein Stirnband vom Kopf und gab es meiner Mutter, da ihr andauernd die Locken ins Gesicht fielen. Meine Mutter war dem nicht gewachsen. Sie tat auch nicht so, als könne sie ohne meinen Vater weiterleben. Seit Wochen sprangen wir schon für sie in die Bresche. An gewissen Tagen suchten wir sogar die Kleider für sie aus, da sie beim Verlassen des Hauses häufig nicht merkte, dass sie einen von Dads alten Pullovern über dem alten Unterkleid trug, das sie manchmal im Bett anhatte. Ich hatte es übernommen, ihr das Haar zu richten, und wusch es in der Spüle, wenn ich sie überzeugen konnte, dass das nötig war. Als ich es einmal trockenbürstete, bemerkte ich die grauen Haare, die sich von den Lockenwicklern gelöst hatten. Sie standen gerade in die Höhe, und ich betete, dass sie wieder anfangen würde, Sorgfalt auf ihr Äußeres zu verwenden, bevor das Grau ganz überhand nahm und sie alt werden ließ. Meist gefiel es mir, dass sie mit ihrer schlampigen Kleidung und ihrem zerzausten Haar ihre Trauer zur Schau trug. Das erinnerte mich jedes Mal, wenn ich sie sah, daran, dass unser Vater gestorben war, und das wollte ich den Rest meines Lebens niemals vergessen. Ich konnte mir nicht vorstellen, dass ein ganzer Tag vergehen könnte, ohne dass ich an ihn dachte.

»Mach schon«, ich stieß ihr mit dem Ellbogen an den Arm und kletterte weiter den Baum hoch. »Ich warte hier.«

»Wieso kann ich nicht auch hier bleiben?«, wollte sie wissen.
»Du musst noch höher, sonst hörst du nichts.«
Mit Mühe kletterte sie auf den nächsten Ast. Ich sah ihr zu, wie sie den Stamm einmal umrundete, ein Bein über den letzten Ast schwang, ehe sie in dem dichten, dunklen Laub über mir verschwand und vermutlich den Thron erreicht hatte.
Ich weiß nicht, wie viel Zeit vergangen war, als das glockenhelle Lachen meiner Mutter mein Ohr erreichte. Ihr gedämpftes Kichern drang durch die Blätter und Zweige, die uns trennten, und brachte mich zum Lächeln, das jedoch augenblicklich wieder auf meinen Lippen erstarb. Sie stritten, dann war Stille. Die wurde von der wütenden Stimme meiner Mutter unterbrochen.
»Ist mir egal«, begann sie. »Das entschuldigt nicht, dass du gegangen bist.«
Ich wartete ab, was als Nächstes passieren würde. Das Schweigen zog sich in die Länge.
»Du hast dich dünngemacht. Du hast mich verlassen. Wenn du mich wirklich geliebt hättest …« Sie weinte erneut. Ich wurde ganz klein. Ich hatte mir etwas anderes erhofft. Deswegen hatte ich sie nicht in den Baumwipfel geschleift. Ich hatte erwartet, dass sie mit Dad reden würde. Dass sie das glücklich machen und sie wieder anfangen würde, zu lachen, zu kochen und Wäsche zu waschen.
»Wenn du mich wirklich liebst«, ich hörte, wie sie voller Verzweiflung tief Atem holte, »hättest du mich nicht im Stich gelassen.«
Ich blickte nach oben und versuchte sie zu sehen, aber es war zu

dunkel, die Zweige waren zu dicht. Dann lachte sie. Ich seufzte erleichtert, aber kaum war ihr Lachen verstummt, da strömten ihre Tränen schon wieder.

Ich weiß nicht, wie lange wir in dem Baum saßen, doch als meine Mutter zum Vorschein kam, wirkte ihr Gesicht etwas entspannter. Wie ein aufgeregtes Äffchen schwang sie sich von Ast zu Ast. Sie sprang zu Boden, duckte sich und rannte los, als steige sie aus einem Hubschrauber, dabei kicherte oder schluchzte sie. Ich war mir nicht sicher.

»Gute Nacht!« Meine Mutter winkte mir zu, als ich vor meiner Zimmertür stand. In diesem Moment wurde mir klar, dass sie mir nicht einmal danken würde. Beschwingt ging sie die Diele entlang weiter. Vor ihrer Schlafzimmertür blieb sie stehen, machte einen Schritt zurück und drehte sich dann zu mir um.

»Es gibt ein Licht«, sagte sie und drückte meinen Arm. »Jetzt geh schlafen.«

Es erstaunte mich, dass sie, sogar nachdem ich sie auf den Baum geführt hatte, um sich mit ihrem toten Mann zu unterhalten, so mit ihren eigenen Gefühlen beschäftigt und so unsensibel mir gegenüber sein konnte. Anscheinend merkte sie mir meine Enttäuschung an.

»Das ist unsere Entdeckung«, sagte sie.

»Meine Entdeckung«, erinnerte ich sie.

»Natürlich, Liebes«, stimmte sie mir zu. »Aber erzähl bloß keiner Menschenseele davon.«

5. Kapitel

Durch das Fenster des Spielhauses sah ich die Blätter des Baums schimmern. Megan und ich spielten mit einem Pappherd Kuchenbacken. Wir schoben eine Schale mit heißem Wasser hinein, um die Mixtur aus Mehl, Wasser und Milch, die wir zusammengerührt hatten, zu backen.
»Weißt du was?« Der Anblick des Baums weckte in mir das Verlangen, Megan von Dad zu erzählen.
»Nein, was?«, fragte Megan.
»Ich … hm.« Mir fiel das Versprechen an meine Mutter ein, das mit dem Baum geheim zu halten. Andererseits hatte ich das dringende Bedürfnis, Megan davon zu erzählen. Es schien mir richtig zu sein; schließlich erzählten wir uns alles.
Mit einem Kochtopf bückte ich mich durch die Tür. »Ich hole mehr Wasser«, sagte ich und rannte den Pfad zur Waschküche entlang.
Es war nicht fair, Megan nichts davon zu erzählen, aber irgendwie musste ich die Kraft aufbringen, mein Geheimnis für mich zu behalten. Ganz traute ich mir jedoch nicht, und deswegen lief ich mit meinem Topf den Weg einfach weiter und rief: »Ich hab so viele Hausaufgaben!«
Megan schrie hinter mir her, aber ich blieb nicht stehen. Ich zwängte

mich durch den Zaun und hielt erst auf der obersten Stufe inne. Hier warf ich einen letzten Blick auf den Baum, der das Haus wie ein Schirm bedeckte. Megan rief mir immer noch hinterher, aber ich antwortete nicht. Ich stürzte in die Küche. Dort saßen die drei Jungen mit gebeugten Köpfen am Tisch.

»Ich musste es ihnen erzählen«, sagte meine Mutter.

Atemlos ließ ich mich auf einen Stuhl fallen. Ich konnte es nicht fassen. Eben erst hatte ich meine beste Freundin einfach sitzen lassen, um unser Geheimnis nicht auszuplaudern, und meine Mutter erzählte es einfach.

Offensichtlich bemerkte sie meine Entrüstung.

»Tut mir Leid«, sagte sie.

Ich saß neben Gerard, den die Neuigkeit nicht weiter zu berühren schienen. Edward schwieg auf dieselbe Art wie James immer, und James weinte zum ersten Mal wieder seit der Beerdigung.

»Sie mussten es erfahren«, beteuerte meine Mutter auf dem Weg zur Spüle.

An diesem Abend erhielten wir die Anweisung, uns zunächst wie immer zu verhalten. Wir sollten unserem kleinen Bruder einen Gutenachtkuss geben und uns, wenn er eingeschlafen war, vor der Hintertür versammeln, bis zum Einbruch der Dunkelheit warten und dann auf den Baum klettern. Aber die Jungen hatten keine Lust, sich an einer solchen Unternehmung zu beteiligen. Edward saß in seiner Nische neben der Hintertür und sah ab und zu von seinen Büchern auf, und James, der den Vorschlag von sich gewiesen hatte, auf den Baum zu klettern, zog es vor, auf der obersten Stufe der Außentreppe sitzen zu bleiben. Ich hockte mich neben ihn, und wir warteten auf unsere Mutter und lauschten auf die Geräusche ihres Austauschs mit der Nacht.

Es wurde immer später, sogar das Summen der Grillen verstummte. In der Zeit, bevor die Laubfrösche mit ihrem Gequake begannen, nickten wir vor lauter Warten und Langeweile fast ein, waren aber zu nervös, um ohne sie zu Bett zu gehen. James lehnte sich gegen das Treppengeländer, und ich ließ mich gegen die Holzverkleidung des Hauses sinken. Ich kratzte mit dem Fingernagel an der abblätternden Farbe und fragte mich, ob sie je zurückkehren würde. Ich dachte schon, sie hätte sich unserem Vater angeschlossen, als ich ein leises Schnaufen hörte. Ich stand auf, um zu sehen, was los war.

Edward war im Haus und goss sich noch einen Rum ein. Das Schloss der Spiegeltür des Barschranks klickte. Er schob seinen Stuhl wieder an den Tisch heran und versteckte die Rum-Cola hinter seinem Physikbuch.

Nachdem die Sinfonie der Laubfrösche ihren Höhepunkt erreicht hatte und wieder verstummt war und die Flughunde sich von den Mangobäumen hinten am Zaun auf den Weg gemacht hatten, war klar, dass meine Mutter nicht wieder ins Haus kommen würde. Edward packte seine Bücher zusammen, und wir gingen alle zu Bett, ließen aber die Hintertür offen.

Viel später hörte ich sie die Treppe hochschleichen. Auf der Diele klangen ihre Schritte sehr schwer, es war nicht der beschwingte Schritt vom

Vorabend. Ihr Schritt und die Art, wie sie sich auf ihr Bett fallen ließ, hatten etwas Bedrücktes, eine Leere und etwas, das noch schrecklicher war als all die Nächte, die ich sie schluchzen gehört hatte, eine schreiende Stille. Ich stand in ihrer Zimmertür.

»Das ist schlimmer, viel schlimmer.« Sie rollte sich auf die Seite und sah mich an. »Jetzt weiß ich wieder, was ich verloren habe.«

Ihre Worte kreischten mir in den Ohren und machten mich traurig. Ich fragte mich, wann sie in der Lage sein würde, wieder unsere Mutter zu sein.

»Er fehlt mir mehr als je zuvor«, sagte sie.

Aber das hinderte sie nicht daran, fast jeden Abend auf den Baum zu klettern und ihren armen, toten Mann zu belästigen. Manchmal erinnerte der Lärm vom Baumwipfel an einen Schwarm zankender Inkakakadus. In diesen Nächten geriet der ganze Baum von ihrem Gezänk in Bewegung. Dann war er wieder wie erstarrt vor Ruhelosigkeit, und gelegentlich begann er vor Freude zu summen. In diesen Nächten freute ich mich für sie, ärgerte mich aber gleichzeitig, denn indem sie im Baum saß, hinderte sie mich daran, meinen Vater zu besuchen. Er fehlte mir, und ich konnte Tage damit verbringen, an ihn zu denken, hatte aber trotzdem das Gefühl, dass meine Mutter es dringender nötig hatte, ihn zu besuchen, als ich.

6. Kapitel

»O Gott«, hörte ich meine Mutter sagen. Dann rief sie mich zur Toilette, um mir vier limonengrüne Frösche zu zeigen, die in der Klosettschüssel saßen.
»Schau«, sagte sie und versuchte, sie herunterzuspülen. Wir beobachteten die Frösche im Wasserstrudel, bis sie verschwanden, und hielten Wache, um sicherzugehen, dass sie wirklich weg waren. Doch es dauerte tatsächlich nicht lange, bis sie wieder zum Vorschein kamen. Langsam krochen sie aus dem Abfluss an die Oberfläche.
Etwas später an diesem Nachmittag war die Toilette verstopft, und als Mum eine Stunde darauf den Wasserhahn in der Küche aufdrehte, lief eine Menge braunes, sandiges Dreckwasser in die Spüle.
Immer mehr Dinge im Haus waren in die Brüche gegangen. Dielen waren lose, Wasserhähne tropften, Türklinken klemmten. Eine Menge von Dingen, die mein Vater vermutlich immer sofort repariert hatte, ohne dass wir das je bemerkt hätten. Sie waren Teil der ständigen Vergehen, die ein Haus seinen Bewohnern gegenüber verübt. Klemmende Schubladen, Schranktüren, die sich von den Scharnieren lösen. Das alles hatten wir anfänglich nicht beachtet, weil meine Mutter sich bisher nie mit solchen Dingen abgegeben hatte. Sie erforderten eine Handlung, zu der sie nicht fähig war – um Hilfe bitten. Edward hatte

getan, was er konnte. Aber das Abhobeln klemmender Türen und das Reparieren verstopfter Toiletten überstiegen seine Fähigkeiten. Erst nachdem wir eine Woche lang die Toilette im Schuppen der Kings benutzt hatten, weil unsere verstopft war, beschloss meine Mutter, etwas zu unternehmen.

Wir sahen ihr zu, wie sie mit dem Branchenverzeichnis kämpfte. Es fiel ihr von den Knien wie eine verletzte Möwe, die flügelschlagend Richtung Fußboden zu entkommen sucht. Als sie endlich die Telefonnummer eines Klempners gefunden hatte und dort anrief, war dieser in Urlaub. Auf seinem Anrufbeantworter wurde die Nummer eines anderen genannt. Sie versuchte es dort, aber niemand ging an den Apparat.

»Das ist alles zu schwierig«, sagte sie, und Edward, der unserer Mutter eine halbe Stunde lang zugesehen hatte, wie sie in ihren Becher mit kalter Suppe hineinmurmelnd Ausflüchte gemacht hatte, war so frustriert, dass er es nicht mehr ertragen konnte und aufstand, um das Zimmer zu verlassen. Dann erregte etwas hinter den Lamellen des Rollos unsere Aufmerksamkeit. Ein Paar Beine, die den Weg zum Haus der Johnsons entlangkamen. Sie gehörten einem Klempner, der gerade wieder in seinen Wagen steigen und davonfahren wollte.

»Schnell. Haltet ihn auf!«, rief meine Mutter.

Edward rannte aus dem Haus.

»Stopp«, rief sie über Edwards Kopf hinweg dem Klempner zu, aber Edward hatte ihn bereits aufgehalten.

»Stopp«, rief sie erneut, obwohl der Mann bereits innegehalten hatte und auf sie zukam.

Ich trottete hinter meiner Mutter her vors Haus und machte mir Sorgen, dass es ihr nicht gelingen würde, ihr einfaches Anliegen in Worte zu fassen.

Sie schob mich beiseite. »Wir haben Frösche in unserem Klo«, sagte sie. »Und das ist nicht gut.« Die Worte des Klempners schlossen sich nahtlos an ihre an und bildeten so einen perfekten Satz.

Er ging hinter meiner Mutter her an der Hauswand entlang zum Abwassertank. Sie zeigte ihm den Gullydeckel, und wir sahen ihm zu, wie er ihn weghob.

»Das gleiche Problem wie nebenan«, sagte er und warf das schwere Quadrat aus Zement auf den Rasen. Er sah nach unten, dann ging er auf seinen Wagen zu. Einen Moment blieb er stehen, um den Baum zu betrachten.

»Ein prächtiger Kerl«, sagte er. »Jedoch katastrophal für Ihre Abflussrohre.«

Eine Minute später kam er mit irgendeinem Gerät wieder den Hügel hinunter. Den beweglichen Teil davon ließ er in der dunklen Grube des Abwassertanks verschwinden. Dabei sah er einmal kurz zu meiner Mutter hinüber. Dieser Augenblick genügte, er sah ihr unordentliches Haar, die seltsame Kleiderzusammenstellung und die unsicheren Augen. Er schien das alles wahrzunehmen und zu erkennen.

»Vorsicht«, sagte er, als eine Ladung klein gehackter Wurzeln und zermalmter Küchenschaben vor uns auf den Rasen schwappte.

Eine Stunde lang standen sie nebeneinander und schwemmten mit dem Schlauch die klein gehackten Wurzeln über den Hof zum hin-

teren Zaun. Das Spritzwasser stand wie eine Wolke über ihnen in der orangenen Abenddämmerung, während sie sich unterhielten.
Edward war es leid gewesen, weiter auf sie zu warten. Er briet Hamburger auf dem Tischgrill. Er drückte einen Klecks Tomatensauce auf jeden Hackfleischklumpen und knallte die Burger dann auf ein Stück altes Brot, das er mit irgendeiner Sauce eingeweicht hatte. Wir saßen um den Küchentisch und aßen und versuchten, nicht das Gefühl zu haben, dass wir auf unsere Mutter warteten. Nur Gerard protestierte offen, indem er mit den Fersen hart gegen die Wand hinter sich trat. Schließlich schob ihn Edward zur Hintertür. Von der obersten Stufe aus sah ich ihm hinterher. Er lief über den Hof zu unserer Mutter. Sie hob ihn hoch, und er klammerte sich mit Armen und Beinen an sie, so wie sich die Frösche an die Kloschüssel aus Porzellan geklammert hatten.
Als sie schließlich in die Küche kam, konnte ich im kalten Licht der Neonröhre sehen, dass ihr Gesicht entspannter wirkte. Die Wildheit, die in den letzten Monaten überhand genommen hatte, schien verschwunden zu sein. Sie ging mit Gerard ins Badezimmer, wusch ihm das Gesicht, putzte seine Zähne und brachte ihn ins Bett. Dann kam sie in die Küche und begann aufzuräumen. Die Schüsseln und Teller auf der Arbeitsplatte waren, seit Edward gekocht hatte, von einer Mehlschicht bedeckt. Sie wischte es weg und begann, das angebrannte Hackfleisch vom Tischgrill zu kratzen. Dann holte sie ihre Gummihandschuhe hervor und machte sauber.
Die Geräusche des Hauses waren an diesem Abend andere. Schrubben

und Scheuern, Aufwischen und Bürsten. Eimer wurden gefüllt und Unmengen Schmutzwasser in den Abfluss gekippt. Sie putzte sogar die Küchenschränke oben, klopfte die Teppiche aus, kippte Desinfektionsmittel auf einen Schwamm und wischte über alles, Türen, Türklinken, Fensterbretter, den Boden unter dem Küchentisch. Dann begann das große Aufräumen. Die Unmengen Kondolenzkarten und -briefe von entfernten Verwandten, die den Esszimmertisch bedeckt hatten, verschwanden in einem Karton.

Ich lag im Bett und lauschte dem Scheuern und Schrubben und dann den energischen Schritten meiner Mutter, als sie ihre Aufräumwut in einen anderen Teil des Hauses verlegte – in ihr Zimmer. Schranktüren wurden quietschend geöffnet, und ich hörte das Rascheln von Kleidern, die auf den Boden geworfen wurden. Das Geräusch wurde leiser, als die Pyramide von Dingen größer wurde. Dann schepperte es ganz oben im Schrank. Papiere und Schachteln wurden herausgehoben. Ich stand neben meiner Tür und lauschte besorgt. Wusste mein Dad, dass er aus seinem Haus vertrieben wurde?

Die Hintertür schepperte, und ich zuckte zusammen. Meine Mutter, die mit Schachteln in ihrem Zimmer herumhantierte und immer wieder mit Schranktüren zusammenstieß, blieb stehen. Wir warteten. Ich, meine Mutter, meine Brüder, der Baum, alle warteten auf das zweite Klopfen. Es war der Abflussmann, darüber waren wir uns alle im Klaren, mit seinem frechen Lächeln und einer Flasche Bier.

Ich linste hinter meinem Vorhang hervor. Ich konnte ihn auf der obersten Treppenstufe stehen sehen. Meine Mutter war zur Hintertür geschlichen. Ich sah, dass sie hinter der Tür mit dem Fliegengitter erstarrt war. Sie zögerte, dann hörte ich, wie er ihren Namen sagte.

»Dawn.«

Meine Mutter zuckte, hüpfte von einem Bein aufs andere und trat dann beiseite.

»Komm rein. Nein«, sagte sie, in Sicherheit hinter der Fliegengittertür. »Geh«, fuhr sie fort. »Komm rein. Nein, geh.«

Ich wusste ebenso wenig wie der Abflussmann, was sie meinte. Ich bemerkte, dass sie einen raschen Blick Richtung Baum warf.

»Tut mir Leid. Wie wär's mit morgen? Ich weiß, dass ich heute Abend gesagt habe, aber …«

»Dawn, ich lass dir das da.« Er hob die kalte Bierflasche hoch, die er in der Hand hielt. »Vielleicht morgen Abend«, sagte er. Dann ging der Abflussmann, die Füße immer noch in Arbeitsstiefeln, zwei Stufen auf einmal nehmend. Das kalte Bier ließ er auf der obersten Stufe stehen. Die Tür wurde geöffnet, und meine Mutter huschte die Stufen hinunter. Das Bier nahm sie mit.

In dieser Nacht schüttelte sich der Baum vor Fröhlichkeit. Das Gelächter hatte jedoch etwas Gezwungenes. Ich vermutete, dass das an den Schuldgefühlen meiner Mutter lag.

Während meine Mutter meinen Vater besuchte, schlich ich mich in ihr Zimmer. Seine Habseligkeiten lagen auf das Bett getürmt. Kisten mit Papieren waren neben der Tür aufgestapelt, um weggeworfen zu werden. Die Vorhänge waren vorgezogen, damit er nicht hereinschauen konnte, als wolle sie die Tatsache vor ihm geheim halten, dass er ausziehen musste. Als sie später in dieser Nacht zurückkehrte, barfuß und angeheitert von dem Bier, das sie im Baum mit ihrem toten Mann getrunken hatte, räumte sie den Stapel Kleider wieder zurück. Ich hörte, dass sie jedes Hemd wieder auf einen Bügel hängte und jeden Pullover und jeden Pyjama zusammenlegte. Die Hitze, die ich von dem Baum verspürt hatte, als der Abflussmann vor der Hintertür gewartet hatte, nahm ab, und die Tiere gingen ihrem Geschäft nach, sie flogen durch die Luft und suchten Nahrung.

7. Kapitel

Meine Mutter sah die grauen Köpfe als Erste. Sie schimmerten durch die Rollos und tanzten auf und ab wie Segelyachten auf dem Weg zur Ziellinie. Ein dünner Strom grauhaariger Frauen, die den Weg zu unserer Haustür entlangtrippelten.

»Was tun die da?«, fragte sie und beobachtete sie. Wie eine fest entschlossene Brigade Ameisenkrieger marschierten sie näher.

»Was wollen die?« Nervös trat sie von einem Bein aufs andere.

Das unausweichliche Klopfen an der Tür ließ meine Mutter rotieren. Sie rannte auf den kühlen Dielen hin und her. Wir warfen uns in Deckung. Wir dachten alle dasselbe. So sehr ähnelten sie dem grauen Strom von Frauen, die am Nachmittag nach der Beerdigung unseres Vaters in unser Haus gekommen waren. Sie brachten uns die vielen Kannen Tee, die gedämpften Stimmen, das Geschniefe, das gelegentliche Aufheulen und das Rascheln von Papiertaschentüchern wieder in Erinnerung.

Es war eine schreckliche Rückkehr zu diesem fürchterlich heißen Tag. Die Hitze in der Kirche war unerträglich gewesen, obwohl sämtliche Türen geöffnet waren. So viele schwarze Kleider an einem Februartag in einer Kirche in den Subtropen, wenn nur die Deckenventilatoren für Luftzug sorgen, können die Temperatur ins Unerträgliche treiben.

Für die alten Leute war es zu viel gewesen. Tante Kit klappte nach zehn Minuten zusammen, und der Rest der Kirche drehte sich zu ihr um, als sie in ihrer Bank zusammensackte, so überzeugt waren alle davon, dass sie tot umgefallen war und den Trauergottesdienst und den verfrühten Tod des Ehemanns ihrer Nichte durcheinander bringen würde. Onkel Val, der hinter ihr saß und nur darauf gewartet hatte, zog Riechsalz aus der Tasche. Nachdem Tante Kit zu sich gekommen war und ihr flacher schwarzer Hut mit der lila Feder wieder gerade auf ihrem weißen Haar saß, bot ihr Onkel Val Brandy aus seinem Flachmann an. Als sich alle davon überzeugt hatten, dass sich Tante Kit hatte wiederbeleben lassen, und sie an der Brandyflasche mehr als nur genippt hatte, kehrte die Gemeinde wieder zu ihren Betrachtungen zurück. Alle senkten den Kopf vor der Allmacht des Schöpfers und dankten ihm erneut, dass nicht sie an der Reihe gewesen waren – dieses Mal.
Von meinem Platz neben meiner Mutter konnte ich durch die Wand aus buntem Glas meine Klasse sehen, die sich vor der Kirche aufgestellt hatte. Durch das blutrote Glas war kaum etwas zu erkennen, die gelben und orangenen Scheiben waren durchsichtiger, dafür verzerrten sie und verpassten allen ein riesiges Kinn und eine flache Stirn.
Der schwere Kasten, der in dem Seitenflügel stand, schien viel zu schwarz zu sein für meinen Vater. Ich hätte mir gewünscht, dass er mit bunten Mustern und Sprüchen verziert wäre.
Als die Frauen, die wir mit diesem Tag in Verbindung brachten, die fleißigen Bienchen, die den Tee und die belegten Brote für die Trauergesellschaft besorgt hatten, den Weg entlangkamen, liefen wir

voller Angst auseinander und überließen es meiner Mutter, die Tür zu öffnen.

»Bitte?« Ihre nackten Füße und dünnen Beine begrüßten die Frauen. Gladys Havelock übernahm die Führung und hielt die Mappe der »Wachsamen Nachbarn« hoch. »Dawn, der Dienstplan! Du bist an der Reihe.«

Auf dem Weg ins Haus tätschelte Mrs. Sanders meiner Mutter den Arm.

»Ich dachte, du würdest sie daran erinnern«, flüsterte sie Gladys zu.

»Hab ich das nicht?« Gladys sah meine Mutter an, und diese schüttelte den Kopf.

»Zu spät, jetzt sind alle hier.« Gladys ließ die Mappe unter dem Arm verschwinden.

Die grauhaarigen Witwen drängten sich ins Wohnzimmer und wechselten besorgte Blicke. Sie schienen sich darüber einig zu sein, dass es für alle gut sein würde, so zu tun, als ob nichts wäre.

Meine Mutter betrachtete den Strom von Frauen, der im Wohnzimmer Platz nahm. Seufzend rückten sie hin und her und warteten darauf, dass ihnen Tee angeboten würde. Aber meine Mutter trank nie Tee und bot ihnen deswegen auch keinen an.

»Hat jemand irgendwas zu berichten?«, begann Gladys.

»In der vergangenen Woche ist es nachts dunkel gewesen«, sagte Mrs. Sanders.

»Ich habe einen Dunklen gesehen«, mischte sich die alte und taube Mrs. Drummond ein.

»Etwa einen Schwarzen?« Mrs. Layton saß auf der Stuhlkante und versuchte, ihre Angst zu bezwingen.
»Absolut«, Mrs. Drummond zögerte. »Schwarz wie die Nacht. Allerdings konnte ich nichts Genaueres erkennen, weil er so schwarz war.«
»Ich hab *dich* unlängst abends etwas beobachten sehen«, sagte Mrs. Sanders.
»Ich habe Sandra beobachtet.« Sie nickte in Richtung von Mrs. Layton.
»Ich habe es beobachtet, Daisy«, sagte Mrs. Drummond zur Frau neben ihr.
»Ich habe Gladys beobachtet«, meinte die alte Frau mürrisch, weil sie nicht wusste, wessen man sie anklagte.
»Was hast du beobachtet, Gladys?« Mrs. Layton presste die Lippen zusammen, und ihre Wangen bebten.
»Ich dachte, ich hätte dich gesehen, Dawn.« Gladys lehnte sich zu meiner Mutter herüber. »Oben in deinem Baum.«
Ich lag auf den kalten Bodenplatten in der Diele und schob mich etwas näher heran, um zu sehen, wie meine Mutter reagieren würde. Es entstand eine gewichtige Pause, und ich hatte das Gefühl, die Decke senke sich auf uns herab. Sie hatten meine Mutter oben im Baum gesehen. Sie würden vielleicht versuchen, sie uns wegzunehmen. Das war mein erster Gedanke.
Sie sagte jedoch nichts. Ich sah eine perfekte Nichtreaktion. Mrs. Layton versuchte es erneut. »Letzte Woche war von da oben ein ziemlicher Lärm zu hören.«

»Vielleicht waren das ja die Flughunde.« Meine Mutter sprach ohne jede Spur von Sarkasmus.

Ihr Gesicht ließ eine gewisse Anspannung erkennen, jedoch nicht mehr, als von jemandem zu erwarten war, der sich in seinen eigenen vier Wänden einer uneingeladenen Gruppe Rentnerinnen gegenüber rechtfertigen musste.

Es stimmte, meine Mutter hatte sich kaum die Mühe gemacht, diskret zu sein. Die Johnsons direkt neben uns waren alt, und die Kings hinter uns hatten das Haus voll von lärmenden Kindern: Von den unmittelbaren Nachbarn hatte sie also nichts zu befürchten. Doch sie hatte keinerlei Versuch gemacht, ihre Klettertouren auf den Baum und den Lärm, den sie verursachten, geheim zu halten. Besonders an dem Abend, an dem der Abflussmann vorbeigekommen war. Nachdem er gegangen war, war sie so laut gewesen, dass vermutlich die gesamte Vorstadt sie gehört hatte. Vonnie, die direkt neben dem Haus von Megan und unmittelbar hinter den Johnsons wohnte, merkte, dass meine Mutter nach einer weiteren Ausflucht suchte. Sie mischte sich ein.

»Die Kinder waren wieder dort oben, habe ich unlängst abends gesehen.« Es klang, als sei sie entrüstet, aber trotzdem noch amüsiert.

»Nach allem, was vorgefallen ist, solltest du vielleicht vorsichtiger sein.« Gladys warf meiner Mutter einen missbilligenden Blick zu.

»Ich habe gesehen, dass die Wurzeln wieder in die Abflussrohre geraten sind«, fuhr sie fort.

»So schlimm ist das auch nicht«, erwiderte meine Mutter.

»Da sind die Johnsons aber ganz anderer Meinung.« Gladys schien sehr zufrieden zu sein, dass sie mehr wusste als die anderen.
»Es war schon schlimmer«, gab meine Mutter zurück.
»Hast du irgendwelche Pläne?« Gladys war noch nicht fertig. »Ich meine für die Zukunft, wenn die Wurzeln so weiterwachsen. Nicht dass es unsere Seite der Straße betrifft, aber ich könnte mir vorstellen, dass es deine unmittelbaren Nachbarn interessiert.«
»Mich kümmert das nicht«, meinte Vonnie. »Und Johnsons haben so viele Eukalyptusbäume. Da kann man sich wirklich überlegen, was den größeren Schaden anrichtet.«
Damit hatte meine Mutter dank Vonnie erst einmal wieder ihre Ruhe, und die alten Mädchen saßen da und warteten missmutig auf ihren Tee. Aber meine Mutter hatte durchaus nicht die Absicht, ihnen welchen anzubieten.

8. Kapitel

Mutters Ausflüge zum Baum nahmen an diesem Abend ein Ende, ungeduldig wartete sie jedoch im Haus. Ich hörte sie in ihrem Zimmer hin und her gehen, und ich wusste, dass sie sich von den alten Frauen der Vorstadt überwacht fühlte. Ich hatte der Unterhaltung der Rentnerinnen von dem kalten Steinfußboden aus weiter gelauscht, als sie an diesem Abend das Haus verlassen hatten. Mit ihren von Hühneraugen gequälten Füßen in unförmigen Sandalen lärmten sie die vordere Treppe hinunter.

»Alle haben wir tote Ehemänner«, zischte Gladys in das Ohr eines der anderen alten Mädchen.

»Sie war jünger, als sie ihn verloren hat, aber was heißt das schon«, meinte eine Dritte.

Meine Mutter hörte sie ebenfalls und war außer sich. Dann sah ich, dass sie beschloss, die Sache auf sich beruhen zu lassen und sich auf anderes zu konzentrieren. Am nächsten Nachmittag erfuhr ich, warum. Offensichtlich war sie darauf gekommen, dass man den Feind nur dann schlagen kann, wenn man sich seiner bedient. Während des Fünfuhrkonzerts der Grillen musste ich also mit meinem Kommunionkleid über die Straße marschieren, das wochenlang zerknittert in einer Papiertüte hinter der Schlafzimmertür meiner Mutter gelegen hatte. Meine Mutter warnte Gladys telefonisch vor, dass ich mit dem Kleid und einer Tüte Perlen, die sie von einer Cousine hoch im Norden von Queensland geerbt habe, im Anmarsch sei. Sie fragte Gladys, ob sie ihr den Gefallen tun und das Kleid anpassen könne. Vielleicht könne sie ja auch was mit den Perlen anfangen, die ursprünglich zur Dekoration des Oberteils gedacht gewesen seien, und da sie so wunderbar sticken könne ... Ich fragte mich, während meine Mutter Gladys weiterhin Komplimente machte, ob diese den Plan wohl durchschaute. Ich vermutete, dass dieser darauf hinauslief, dass Gladys, wenn sie einer bedürftigen jungen Witwe half, nicht nur von Gott gesehen würde, sondern auch von den meisten Gemeindemitgliedern. Und wenn diese es schon nicht mit eigenen Augen sahen, dann würden sie zumindest davon hören, da Gladys' Handarbeiten in der ganzen Vorstadt berühmt waren. Während sie die Arbeit fertigstellte, würde ihr Mitgefühl wachsen, und sie würde vielleicht auch ihre Einstellung zu meiner Mutter und dem Baum überdenken. Das war der Plan, vermute ich.

Als ich die Straße überquerte, brannte die Sonne über eine Reihe regloser Vorortskiefern hinter Gladys Zaun hinweg auf mich herunter. Ihr Haus lag in der Mitte des Grundstücks, eines perfekten Vierecks, und war auf allen Seiten von Gras umgeben, das in der Hochsommerhitze braun geworden war. Alle Fenster und Türen waren verschlossen und verriegelt. Das Schild der »Wachsamen Nachbarn« am Tor klapperte, als ich dieses hinter mir schloss.

Gladys öffnete ihre Sicherheitstür, und die kalte Luft aus dem Innern des Hauses fuhr mir um die Beine. Leider gab es nur im Wohnzimmer eine Klimaanlage, und wenn man in Gladys' Nähzimmer im rückwärtigen Teil des Hauses stand, hatte man das Gefühl, mit einem Föhn verbrannt zu werden. Der feste weiße Stoff des Kleids kratzte, und die ungleichmäßige Naht, die das Oberteil und den Rock zusammenhielt, juckte wie verrückt. Eine Reihe Stecknadeln am Ärmelsaum piekstenmich, und der karamellfarbene Teppich zu meinen Füßen erinnerte an schmutzigen Sand, auf dem wie braune Felsblöcke Alte-Tanten-Möbelstücke standen. Meine Knie wurden weich. Ich wollte nur noch weg und sah mich verzweifelt nach einem Fluchtweg aus dem übermäßig ordentlichen Haus voller Vitrinen mit Glas und Porzellan um.

»Wann ist der große Tag?«, fragte mich Gladys.

»Erst nächstes Jahr«, gab ich zu und fragte mich, ob Gladys die Strategie meiner Mutter durchschauen würde.

Ich merkte, dass sie sich überlegte, wieso es meiner Mutter auf einmal so wichtig war, das Kleid fertigzustellen, obwohl meine Erstkommunion erst in sechs Monaten stattfinden würde und meine Mutter, wie Gladys sehr wohl wusste, nicht zu den Menschen gehörte, die Dinge lange im Voraus planen.

»Ich kann nichts versprechen«, sagte sie endlich und nahm den Beutel mit den Perlen. »Mit dem Faden kann ich besser umgehen.«

Sie schüttelte den Kopf und verließ das Zimmer.

»Wirklich alt, dieses Kleid«, rief sie aus der Diele. Ich hörte, wie sie in einem Schrank herumwühlte.

»Alle meine Cousinen sind mit ihm zur Kommunion gegangen«, erwiderte ich.

Sie kam mit einem Stück zusammengefalteter weißer Seide zurück, und ich wusste sofort, dass dieser Stoff für ihre eigene Hochzeit gedacht gewesen war. Gladys' Verlobter – wir alle hatten schon von ihm gehört – war in einem Kriegsgefangenenlager in Changi in Singapur vor die Hunde gegangen.
Sie hatte nie geheiratet und war nie darüber hinweggekommen. Das erzählte man sich jedenfalls, und einmal im Jahr traf sie einen dünnen Mann, der sich mit ihrem Verlobten die Zelle geteilt hatte. Um sich die Zeit im Lager zu vertreiben, hatten sie mit einem Papierwürfel gewürfelt. Inzwischen war der dünne Mann so alt, dass er nicht mehr hierher kommen konnte. Gladys musste ihn im Altersheim besuchen.
Das Stück weißer Seide landete auf der abwaschbaren Tischplatte, und sie fing an, es zurechtzuschneiden. Die Schere schrappte über den Tisch. Sie wollte mir aus dem Stoff für ihr Brautkleid ein neues Kommunionkleid nähen. Mir wurde ganz anders.
Es kam überhaupt nicht in Frage, dass ich ein Kleid tragen würde, das aus einem Alte-Tanten-Stoff genäht war. Ich rannte über die Straße, um meiner Mutter davon zu erzählen. Als ich eintraf, war ich entsetzt, sie um den Baum herumgehen zu sehen. Edward saß in der Küche und versuchte, sie nicht weiter zu beachten, eine verräterische Mehlschicht auf allem. Er hatte versucht, das Gulasch, das er gerade kochte, mit Mehl anzudicken. James, Gerard und ich saßen auf der obersten Treppenstufe und sahen unserer Mutter zu, die verzweifelt den Baum umkreiste wie Pu der Bär auf der Suche nach dem Heffalump. Schließlich hielt ich es nicht länger aus und ging die Stufen hinunter. Auf dem

Weg würde mir schon ein Vorwand einfallen, mit dem ich sie anhalten und wieder ins Haus locken könnte.

»Dawn!«, hörte ich jemanden sagen. Die Stimme war tief und drang durch das Summen der Grillen.

Meine Mutter erstarrte. Ich blieb ebenfalls auf halbem Weg stehen und fragte mich, wo die Stimme wohl hergekommen war. Einen Augenblick lang dachte ich, es sei Dad, der es satt hatte, darauf zu warten, dass Mum auf den Baum klettern würde, um ihn zu treffen. Dann sah ich Vonnie an den grauen Zaunpfosten hinten im Garten gelehnt, dort wo unser Grundstück mit dem der Kings und Johnsons zusammenstieß.

»Lass ihn eine Weile in Ruhe, Dawn.« Mum stand jetzt mit Vonnie hinten am Zaun, und ich kroch zwischen ihren Beinen durch und klammerte mich an ihren Waden fest.

»Du musst die Toten ziehen lassen«, meinte Vonnie.

Sofort begriff meine Mutter, dass Vonnie Bescheid wusste.

»Ich bringe es nicht fertig, ihn in Ruhe zu lassen«, sagte sie.

»Lass ihn nicht dein Leben bestimmen.«

Vom Boden aus schien der Baum größer zu sein als unser Haus.

»Ich werd verrückt, wenn ich es tue«, sagte Mum, »und verrückt, wenn ich es lasse.«

Vonnie schüttelte den Kopf. Ich war mir nicht sicher, ob es Ablehnung oder Zustimmung war. »Mit den Toten kannst du nicht leben«, meinte sie.

»Aber auch nicht ohne sie«, entgegnete meine Mutter.

Vonnie hob eine Schachtel Papayas auf den grauen Pfosten. »Von den

Lus.« Sie deutete mit dem Kinn in Richtung der vietnamesischen Familie, die neben ihr wohnte.

»Die Flughunde hatten gestern Abend Party.« Sie zeigte auf die abgenagten Stümpfe einiger Papayabäume im Garten der Familie Lu. Im Abendlicht erinnerten sie an eine Reihe Frauen mit großen runden Hüten, die Eimer an einer Stange über der Schulter tragen. Mr. Lus Schaufel bewegte sich stetig auf und ab, und der Haufen Erde auf seiner Schubkarre wurde immer größer. Wenn ich durch das Loch im Zaun der Johnsons kroch, konnte ich den Buddha unter dem Paranussbaum sehen, dessen Sockel auf vier Ziegeln ruhte.

Der Baum hinter uns bewegte sich im Wind, und die geäderten Unterseiten der Blätter waren zu sehen. Ich hatte das Gefühl, er könne mich jeden Moment packen und in den Himmel heben.

»Ich unterhalte mich fast jeden Tag mit Tom«, sagte Vonnie und reichte die Papayas über den Zaun. »Wenn ich gerade Zeit habe, aber nicht umgekehrt. Ich erlaube es ihm nicht, mich zu stören. Außer es ist wichtig.« Sie grinste.

Meine Mutter nickte, ihren Rücken weiterhin dem Baum zugewandt. Eine neue Entschlossenheit schien sich in ihren Gliedern breitzumachen. Eine neue Möglichkeit schien am Horizont aufzutauchen.

»Die letzten Wochen habe ich nur für ihn gelebt«, gab sie zu. »Ich habe nicht gekocht. Ich habe nicht einmal mit ihnen geredet.« Ich wusste, dass sie von uns sprach. »Es tut mir Leid, Liebes.« Ich lehnte meinen Kopf gegen ihr Bein, und sie strich mir über den Kopf und versuchte mit ihren melancholischen Fingern, mein Haar zu entwirren.

»Das verstehen sie schon«, sagte Vonnie. »Aber jetzt musst du dich ihnen wieder mehr zuwenden. Und sei vorsichtig. Sich mit den Toten zu unterhalten, ist nichts, wofür alle Verständnis aufbringen.«
»Vonnie, ich bin dir sehr dankbar.« Meine Mutter weinte. »Jemand musste mir das mal sagen, es tut mir so Leid. Die letzten Wochen ist mir alles entglitten.«
Mit neuer Entschlossenheit gingen wir über den Hof und schlossen vor den ausgebreiteten Armen des Poincianabaums die Tür. Vonnies Wäschekarre rumpelte den Pfad entlang.
In der Küche entriss Mum dem verwirrten Edward den großen Löffel und umarmte ihn. »Es tut mir so Leid«, sagte sie, schob ihn auf einen Stuhl und verteilte den klebrigen Reis mit dem angebrannten Gulasch. »Jetzt ist alles in Ordnung. Ich bin zurück. Ich bin wieder hier.«
Wir betrachteten ihren Rücken, als sie am Herd stand und das Essen auf Teller verteilte. Dieser Rücken war uns so vertraut, dass er niemals log. Wir wollten ihr glauben, weil sie unsere Mutter war und weil wir das Bedürfnis hatten, ihr zu glauben, aber etwas an ihrem Tonfall und ihrer angestrengt aufrechten Haltung ließ uns das Schlimmste befürchten. Sie wollte bei uns sein, aber sie konnte es nicht.

9. Kapitel

Mein Dad sitzt da oben im Baum.« Ich sagte das zu Megan einfach so, obwohl ich Mum geschworen hatte, es keiner Menschenseele zu erzählen. Es war meine Entdeckung, und ich fand, dass ich deswegen das Recht hatte, es zu erzählen, wem ich wollte, und Megan war meine beste Freundin. Außerdem sprudelte es nur so aus mir heraus. Ich konnte es nicht zurückhalten.

»Ich kann ihn sehen«, sagte sie. Ihr Kopf lag auf der Stange hinten an der Schaukel. Die Füße hatte sie auf meinen Platz gelegt, meine lagen auf ihrem. Sie zeigte in den Himmel. Ein paar löchrige Wolken zogen vorbei. Ich suchte sie eine Ewigkeit ab und versuchte ihn zu finden.

»Hast du sein Gesicht gesehen?«, fragte sie.

Es gelang mir nicht. Die Wolke zog sich in die Länge. »Jetzt ist er weg«, sagte sie.

»Er ist nicht im Himmel. Er ist im Baum, das habe ich dir doch gesagt.«

»Wirklich?«, wollte sie wissen.

Ich nickte.

Megan glaubte mir nicht. »Ist er denn nicht in einen Sarg gelegt worden?« Ihr semmelblondes Haar fiel ihr ins sommersprossige Gesicht.

»Doch, aber jetzt hockt er im Baum.«

»Wir werden gar nicht in Särge gelegt«, sagte Megan, »sondern verbrannt.«

Die Schaukel schwang langsam hin und her, und Megan ließ ein Bein im Gras schleifen.

Ich wusste nicht, was schlimmer war, die Stille des Sargs oder die entsetzlichen Flammen.

»Ich möchte nur in Ruhe gelassen werden«, sagte ich, »dann finde ich schon meinen Weg.«

»Irgendwo müssen sie einen schließlich reinlegen.«

»Am Strand«, meinte ich. »Wenn sie unbedingt müssen. Eingewickelt in meine Lieblingsdecke.«

Megan sah wieder auf die dahinrasenden Wolken über uns. »Hexe springt über Hürde«, sagte sie.

Ich sah zu, wie das lange weiße Bein der Hexe länger und länger gezogen und ihr Gesicht immer schmaler wurde.

»Jetzt ist es ein Drache.«

»Das sehe ich auch«, sagte Megan.

»Aus dem ein Engel wird.«

»Mit einer Posaune.«

»Da drüben«, Megan deutete auf eine neue Wolkenbank. »Elefant mit langen Zehen.«

Der Wind zerrte an dem Wolkenelefanten, verlängerte seine Zehen noch weiter und bog sie zu Krallen.

»Klauen«, sagte ich.

»Bändel«, widersprach mir Megan.

»Klauen«, rief ich, setzte mich aufrecht und versetzte unsere riesige Schaukel in Schwingung. Megan legte den Kopf in den Nacken, um noch einen Blick nach oben zu werfen, aber unser Wolkenelefant war bereits in einem Wolkenballen am Rand des Himmels verschwunden.
»Ich will ihn sehen«, sagte Megan und sprang zu Boden.
»Du kannst ihn nicht sehen. Du kannst mit ihm sprechen. Aber wir dürfen das nicht mehr. Mum sagt, dass sie sie mitnehmen, wenn sie sie wieder oben erwischen.«
»Wohin?«, fragte Megan.
»Weiß nicht.«
»Dann wärst du so was wie eine Vollwaise.« Megan war ganz aufgeregt.
»Dann müsste ich vielleicht auf deine Schule gehen«, dachte ich laut.
»Das wär gut.«
Ich war mir da nicht so sicher. »Gibt es Gott an deiner Schule?«
»Natürlich«, sagte sie.
»Denselben wie unseren?«
Darüber mussten wir nachdenken. Wenn wir denselben Gott hatten, warum besuchten wir dann verschiedene Schulen?
»Irgendwie muss er anders sein«, sagte ich.
Wir waren verunsichert. »Ich bin katholisch und etwas Besonderes«, sagte ich, »sagen sie euch das auch?«
Megan war entgeistert. Offenbar erzählten sie das dort nicht.
Stimmte es überhaupt, dass wir verschieden waren? Und spielte es eine Rolle, dass man mir in der Schule sagte, es sei besser, Katholik zu sein, weil man dann ein besserer Mensch war? Sie mussten sich irren, denn

ich liebte Megan und wollte jeden Tag mit ihr zusammen sein. Aber das mit ihrer Schule beunruhigte mich immer noch. Was waren das dort für Kinder? Würden sie mich hassen, wenn ich diese Schule besuchen musste, weil sie Mutter mitgenommen hatten, wer auch immer das tun würde, an diesen Ort, über den ich nichts wusste und in den wir vielleicht ebenfalls ziehen mussten, um dann, noch größere Besorgnis, eine andere Schule zu besuchen mit Kindern, die keine besonderen Katholiken waren und mich deswegen verseuchen würden. Das war aufregend und gleichzeitig furchtbar.

»Ich warte heute Abend auf dich«, sagte ich. »Im Baum auf dem untersten Ast. Mach aber keinen Lärm. Wenn wir erwischt werden, ruft Mrs. Johnson wieder die Feuerwehr.«

10. Kapitel

Die Nacht war voller Leben. Beutelratten schlitterten über das Dach und rutschten die Regenrinnen herunter. Mit dem Kopf nach unten hingen sie im Baum und warfen sich Mangos zu. Sie hatten ihre Schwänze um einen Ast gewickelt und starrten mich durchs Fenster mit ihren glasigen Augen an.
Als sich alles wieder beruhigt hatte und die Nacht wieder gleichmäßig atmete, öffnete ich meine Zimmertür und schlich dann so leise wie möglich die Diele entlang. Meine Mutter machte sich unruhig in ihrem Zimmer zu schaffen, kam aber nur selten zu uns herein, nachdem sie ihre letzte Kontrollrunde gemacht hatte.
Jesus und sein blutendes Herz sahen mir zu, als ich mich aus dem Haus fallen ließ. Auf dem Weg nach unten schrammte ich mir den Bauch an der Fensterbank. Im Fallen riss ich mir auch noch den Fuß an einem scharfen Ast des Rhododendrons unter dem Eckfenster auf. Auf der Erde piekste das Gras meine Fußsohlen. In der Westecke des Hauses war alles verdorrt. Während ich mir meinen Fuß vors Gesicht hielt, um zu sehen, wie schlimm der Schnitt war, fragte ich mich, warum ich nicht die Hintertür benutzt hatte. Das Schloss der Hintertür wäre ganz sicher nicht so laut gewesen wie mein Aufschrei bei der Landung.

James und Edward waren noch wach, sie forderten sich gegenseitig heraus, in die Küche zu schleichen und Essen zu stehlen. Was sie vertilgen konnten, erstaunte mich, riesige Mahlzeiten, auf die sie ein Butterbrot nach dem anderen folgen ließen. James nahm zu, sein Kummer war still und wurde mit Brot und Erdbeermarmelade unterhalten, die die Farbe des brennenden Herzens unseres Herrn hatte. Edwards Kummer war eher ratlos. Er war zwischen mehreren Rollen hin- und hergerissen – Ehemann, Vater oder Sohn? Nichts schien zu passen. Er versuchte Mum zu helfen, indem er sich nach dem Abendessen mit ihr über erwachsene Themen unterhielt, und Mum ließ ihn gewähren, aber es waren die Herren, bei denen sie ihr Herz ausschüttete. Ihr Kummer war ein Monolog, den sie überall loswerden konnte. Irgendwie hatte der geborstene Damm ihres Kummers uns blockiert. Unser Kummer verschaffte sich in wilden Streitereien Luft. Wir stritten uns um den Rest einer Baisertorte, die eine Nachbarin gebacken hatte, oder zankten darüber, wer wo saß.

Megan wartete auf dem untersten Ast auf mich. Wir waren so oft auf den Baum geklettert, dass wir mühelos auf die untersten Äste kamen. Wir wechselten uns dann auf dem fünften damit ab, den Stamm zu umklammern, wir streckten ein Bein aus, bis wir den toten Ast auf der anderen Seite ertasteten. Von dem toten Ast war es nur ein Schritt bis zum Schlangenzungenast, der so hieß, weil er Richtung Haus gespalten war. Sein Ende berührte die Holzverkleidung. Dieser Ast schrammte gegen das Haus und warf einen Schatten auf die Wand über Gerards Bett.

Auf diesem Ast angekommen musste man sich in die Höhle vorarbeiten, eine Vertiefung im Stamm mit einem Fächer aus Zweigen darüber. Hier hatte ich zum ersten Mal mit ihm gesprochen. Wenn man wartete, bis die Flughunde und Beutelratten still geworden waren, und dann dreimal tief einatmete, konnte man ihn sprechen hören. Aber als ich auf dem Schlangenast wartete und Megan gerade auf den toten Ast klettern wollte, hörte ich Geflüster von der Veranda. Megan klopfte mir gegen das Bein, um mich auf die leisen Stimmen aufmerksam zu machen. Ich rollte mich auf dem Ast zusammen und zog Megan tiefer ins Laub.

Durch die Blätter konnten wir die nackten Beine meiner Mutter sehen und die Umrisse des Abflussmanns. Er lehnte gegen das Verandageländer. Meine Mutter gab ihm gerade ein Zeichen, ihr auf die Veranda an der Vorderseite des Hauses zu folgen. Als sie in den Schatten verschwand, sah ich sie einen Blick in den Baumwipfel werfen. Es war zwar nur eine rasche Bewegung der Stirn, aber trotzdem drückte sie Schuldgefühle aus.

Wir robbten den Schlangenzungenast entlang, bis wir sie wieder sehen konnten. Den Plan, uns mit dem Toten zu unterhalten, hatten wir rasch vergessen, da ein echtes Schauspiel geboten wurde. Wir lagen jeder auf einer Seite der gespaltenen Zunge und spähten nach unten. Im Dunkel konnten wir gerade noch erkennen, dass sie Bier tranken.

»Das Zeug schmeckt ekelhaft«, sagte Megan.

»Ich weiß«, erwiderte ich. Ich stellte mir vor, wie ich mit dem Finger über die eiskalten Wassertröpfchen auf der Flasche strich.

»Gehen sie miteinander ins Bett?«, flüsterte Megan zu meinem Ast herüber.
»Nein«, erwiderte ich. »Er reinigt die Abflussrohre, wenn die Wurzeln sich dort einnisten.«
»Mögen wir ihn?«
»Nein«, sagte ich. »Er mag meine Mutter.«
Von unten waren Bewegung und ihre Stimmen an der Hausecke wahrzunehmen. Die Stimmung meiner Mutter war umgeschlagen. Sie trat ins Licht zurück. Ihr Gesicht bewegte sich zwischen Helligkeit und Dunkelheit. Der Abflussmann stand neben ihr. Meine Mutter wollte irgendetwas, und er antwortete kurz angebunden. Dann war er weg.
Der Baum begann zu vibrieren. Ich konnte spüren, wie es rumpelte. Megan meinte, Gespenster zu sehen. »Nichts wie weg hier«, sagte sie. Schnell kletterten wir herunter. Die Rinde schrammte auf unseren nackten Beinen.
Wir sagten kein Wort, bis wir den Boden erreicht hatten.
»Bis morgen«, sagte Megan, überhaupt nicht enttäuscht, dass es ihr nicht gelungen war, mit dem Toten zu sprechen. Sie fand es viel interessanter, meiner Mutter dabei zuzusehen, wie sie im Dunkeln Bier mit einem Klempner trank, als sich mit meinem toten Vater zu unterhalten.
»Ja«, erwiderte ich, »bis morgen.«

11. Kapitel

Ich hatte erst eine Minute in meinem Bett gelegen, als ich es hinter mir an der Wand klopfen hörte. Entsetzt fuhr ich auf, bis mir klar wurde, dass das die Ratten waren, die in der Wand ihr Unwesen trieben. Nach Dads Tod waren die Nager eingezogen. Sie klopften am Kopfende des Betts an die Wand und schlitterten über die Querhölzer. Ich war zu verängstigt, um mich zu bewegen. Ich fürchtete, dass ich nicht hören würde, wie sie sich durch die Wand über meinem Kopf nagten, wenn ich nur das geringste Geräusch machte. Dann würde ich, ehe sie mich angriffen, den entscheidenden Augenblick zur Flucht verpassen.

Die Intensität ihres Scharrens nahm plötzlich zu. Es klang, als kämpften drei Ratten, als jagten sie sich und wirbelten ihre Glieder dabei durcheinander. Ich hörte, wie sich meine Mutter in ihrem Bett auf der anderen Seite der Wand regte. Mit einem Buch schlug sie fest gegen die Hartfaserplatte, um die Ratten zur Ruhe zu bringen.

Da holte meine Wand tief Atem, ich sah und fühlte es auch. Dann zog sie sich wieder zusammen. Ich hielt die Luft an. Ich hörte das Klirren von Glas und den Schrei meiner Mutter. Ich sprang aus dem Bett, rannte in ihr Zimmer und fand sie, die Arme über dem Kopf, gegen das Kopfende des Bettes gedrückt. Im Bett neben ihr lag der Schlangenzungenast. Er ragte vom Fenster durch das Zimmer bis zum Bett, wo sein Ende mit den jungen Blättern neben sie drapiert war. Als sie es wagte, die Hände vom Gesicht zu nehmen, sah ich, wie ihr verängstigter Gesichtsausdruck auf einmal bekümmert wurde, denn sie bemerkte, dass der Ast nur auf der Bettseite meines Vaters lag.

Da erst begriff ich, dass es zwischen meiner Mutter und dem Abflussmann ernst war, er gehörte nicht zu den Herren. Ich sah, dass sie sich ebenfalls darüber im Klaren war. Jetzt ließ sie mein Vater wissen, dass er sie nicht einfach so aufgeben würde. Auch wenn zwischen ihr und dem Abflussmann bisher noch nichts vorgefallen war, war er sich bewusst, dass ihre gemeinsamen Augenblicke im Baumwipfel, wie intim diese auch immer gewesen sein mochten, jetzt an ihre Grenzen stießen. Auch wenn diese Augenblicke wirklich waren, so wirklich, wie das der Dialog zwischen zwei lebenden Menschen sein konnte, würden sie doch nie mehr ein Bett teilen, und ihr Verhältnis würde nie mehr ein körperliches Verhältnis sein. Da verstand ich, dass die Mühen des wirklichen Lebens etwas Wichtiges umfassen, das über das Spirituelle hinausgeht. Die Tatsache, dass er nie mehr mit der Wirklichkeit menschlichen Kontakts würde mithalten können, kam mir plötzlich zu Bewusstsein. Und dann war da noch dieses andere, das Sex hieß, das ich nicht verstand und von dem ich auch nicht wusste, was es war, aber es hatte mit Betten zu tun und mit Männern und Frauen. Ich merkte, dass ich meine Mutter deswegen hasste, was auch immer es war, was sie getan hatte, das meinen Vater traurig machte. Es hatte mit diesem Bett und mit den beiden Männern zu tun, und ich spürte, dass das irgendwie Ärger bedeutete. Dads Versuch, seinen Anspruch auf meine Mutter geltend zu machen, war so rührend, dass ich nicht damit umgehen konnte.

Edward trat ins Zimmer und betrachtete mit offenem Mund die Verwüstung. Meine Mutter hatte sich immer noch nicht bewegt. Das Bett und der Fußboden waren mit Scherben übersät. Sie gab Edward ein Zeichen, stehen zu bleiben, obwohl er sich viel lieber in ihre Arme geworfen hätte. Sie deutete auf ihre Schuhe, die in einer Ecke des Zimmers lagen. Edward, der barfuß war, beugte sich vor und nahm sie. Er warf sie ihr zu, und sie zog sie an und trat dann vorsichtig auf den Dielen auf. Glassplitter knirschten unter ihren Sohlen, und sie brauchte eine ganze Weile, bis sie bei uns war. In der Tür blieb sie stehen und blickte zurück ins Zimmer. Offensichtlich fand sie es nicht seltsam oder unangemessen, dass sich der Ast, den wir Schlangenzunge nannten und der jahrelang in windigen Nächten gegen die Hauswand geschrammt war und mich damit wachgehalten hatte, in ihr Zimmer geworfen hatte. Achselzuckend betrachtete meine Mutter den Schaden, als handele es sich um einen unvermeidlichen Unfall, der früher oder später ohnehin passiert wäre. Wie eine Vase, die Übergewicht hat und an einem zugigen Platz steht. Sie ging durch die Diele von allem weg und schob Edward und mich in den Streifen Mondlicht am Küchenfenster.

Es war fast ein Uhr, und die Aufregung, mitten in der Nacht auf sein zu dürfen, ergriff von uns Besitz, und da meine Mutter ungewöhnlich gesprächig wurde, wollten wir bei ihr bleiben. Ihre Stimmungen waren so unvorhersehbar, dass uns jede Gelegenheit, mit ihr zusammen zu sein, wenn sie nicht bedrückt oder launisch war, wertvoll war. Ihre Bewegungen und ihre Stimme drückten Freude aus. Edward genoss das offensichtlich genauso wie ich. Sie machte uns etwas zu essen und kochte richtiggehend mit Liebe. Das schien eine seltsame Reaktion auf den dramatischen Vorfall zu sein. Ich schrieb das dem Adrenalin und der Tatsache zu, dass ihre Stimmungen durch den Schock von Dads Tod unvorhersehbar geworden waren. Damals standen wir alle unter Schock, aber wussten das nicht. Was immer sie für Gründe hatte, zu kochen, wir waren dankbar. Um kurz nach zwei legte ich mich wieder ins Bett und war glücklich, bis ich mich an den Ast erinnerte.

Ich weiß nicht, wo meine Mutter in dieser Nacht schlief, aber ich befürchte, in ihrem Bett mitten in der Zerstörung. Das machte mich traurig, denn ich dachte, sie würde verrückt. Ich wusste, dass wir uns dann um sie kümmern mussten. Wir mussten dann dafür sorgen, dass niemand erfuhr, was los war. Ich verfluchte den Tag, an dem ich auf den Baum geklettert war, mit meinem Dad gesprochen und dann noch geglaubt hatte, es würde meiner Mutter helfen, ebenfalls hochzuklettern und mit ihm zu sprechen.

Den Rest der Woche blieb der Ast liegen, und die Stimmung meiner Mutter war weiterhin sehr wechselhaft. Die meiste Zeit schien sie glücklich zu sein. Sie hatte es nicht eilig, den Ast entfernen und den Schaden reparieren zu lassen. Das war nicht das mütterliche Verhalten, das die Menschen von einer Mutter erwarteten. Die meisten Mütter schienen von Natur aus ständig aufzuräumen und zu putzen.

Kaputte Gegenstände wurden weggeworfen oder repariert, Abflüsse gereinigt, verstopfte Toiletten durchgespült, Glühbirnen ausgewechselt und Töpfe gescheuert. Das alles war natürliches, mütterliches Verhalten. Ein klaffendes Loch in der Hauswand, aus dem ein Ast ragt, einfach sich selbst zu überlassen, war unerhörtes Mütterbenehmen, einfach unverantwortlich.

Erst als sie uns dabei erwischte, wie wir auf dem Ast balancierten, sah sie sich gezwungen, etwas zu unternehmen. Im Verlauf der Woche hatten wir begonnen, uns in ihr Zimmer zu schleichen und uns gegenseitig herauszufordern, von ihrem Bett aus bis zum Stamm des Baumes zu gehen. Die Regeln verboten es, sich zu setzen oder die Hände zu Hilfe zu nehmen. Man durfte sie nur seitlich ausstrecken wie ein Seiltänzer. Das war viel gefährlicher, als es aussah. Über dem Bett war es noch eine harmlose Mutprobe, aber außerhalb des Fensters verdeckte das dichte Laub den Boden und täuschte einen darüber hinweg, wie tief nach unten es ging.

12. Kapitel

Weder damals noch heute denke ich, dass mein Vater der Baum war oder der Baum mein Vater. Sein Geist, eine Erinnerung oder ein Teil von ihm war unbestreitbar dort, also konzentrierten wir unser Gedenken an ihn auf den Baum, das vergangene, das gegenwärtige und das zukünftige. So hielten wir ihn am Leben und zwangen ihn, in unserer Nähe zu bleiben.

Wie viel von dem, was mit dem Baum passierte, seiner Anwesenheit in ihm zuzuschreiben ist, lässt sich nur schwer sagen, und Skeptiker finden diese Vorstellung ohnehin nur lächerlich. Was geschah, war vielleicht nur ein Zufall, aber es hatte ganz den Anschein, als würde sich der Baum aufführen wie ein eifersüchtiger Ehemann. Er hatte sich durch das Fenster meiner Mutter geworfen und nach ihr gegriffen, als wolle er sie mitnehmen, damit sie sich mit ihm im Tod vereinen könne.

Vielleicht war es aber auch nur die Geste eines traurigen und einsamen Geistes, der der banalsten menschlichen Aktivität nachgehen wollte, und zwar, sich mit seiner Frau in sein eigenes Bett zu legen, ein Vergnügen, dessen man ihn beraubt hatte. Der Ast auf dem Bett meiner Mutter machte mich traurig, aber er jagte mir auch Angst ein, denn er machte mir die Macht der Toten bewusst.

Einige Tage später tauchte der Abflussmann auf und sagte, er wolle unsere Kanalisation kontrollieren, er mache sich immer noch Sorgen. Wir wussten alle, dass er eigentlich nur unsere Mutter treffen wollte. Einen lebenden Mann zu sehen und wahrzunehmen – obwohl ich zu jung war, um das in Worte zu kleiden –, wie er sie anschaute, ließ mich die Macht der Lebenden erkennen, unmittelbar und solide und nicht schwebend wie unser Verhältnis mit unserem Vater.

Meine Mutter und der Abflussmann standen zu beiden Seiten des Betts. Der Ast, der sich auf dem Überwurf verkeilt hatte, war kein Anblick, der sich ohne weiteres kommentieren ließ.

Sie hatte ihn eine halbe Stunde lang vor der Waschküche aufgehalten und versucht, den Schaden ihres Schlafzimmers vor ihm geheim zu halten. Dieser war kaum von unten zu sehen, da der Baum so nahe am Haus wuchs. Man konnte unmittelbar unter der Katastrophe stehen und sie nicht bemerken. Schließlich sah ich, wie sie ihn an einen Platz führte, von dem aus er den unglaublichen Anblick bemerken musste: den Ast, der das Haus aufspießte.

»Verdammte Scheiße«, sagte er. Dann: »Entschuldigung«, als ihm auffiel, dass wir alle ihn beobachteten.

Irgendwie schien seine Reaktion Mutter zu beruhigen. Er sah sich alles lange an, ehe er etwas sagte.

»Meine Güte, Dawn. Das ist wirklich unheimlich.«

»Nicht wahr?« Sie beendete seinen Satz in dem Rhythmus, der ihre Gespräche von Anfang an geprägt hatte.

Sie hatte nicht einmal einen Versuch unternommen, den Ast entfernen zu lassen. Dass er sich darüber im Klaren war und sie das wusste, machte alles nur noch seltsamer.

»Ich vermute, ich sollte was deswegen unternehmen«, sagte Mum. »Ich war mir nur nicht sicher, was und wo ich anfangen soll.«

Der Abflussmann ging an den Zimmerwänden entlang, als suche er nach einem Grund, warum meine Mutter so absonderlich war, den Ast eines Baums in ihrem Zimmer zu behalten.

Er sah sie an. »Ist das dein Ernst?«

Mum erwiderte seinen Blick.

»Ich habe von Leuten gehört, die Häuser um Bäume herumgebaut haben. Ich würde das jedoch nicht empfehlen. Die Kanalisation hier ist ein Alptraum.«

Sie lächelte. Ich sah, wie sie kurz überlegte, ob sie ihm ihr Geheimnis anvertrauen sollte. Dann begriff ich, warum sie das nicht konnte. Sie standen neben dem Bett, und die Luft war bereits ganz klebrig von der Spannung zwischen ihnen. Die drückende Hitze schien es ihnen zu gestatten, sich länger anzuschauen, als ich das je zuvor Erwachsene hatte tun sehen – falls es das war, was sie gerade taten. Seine dunklen, erdigen Augen begegneten ihrer braun gesprenkelten blauen Iris, und ich wusste, dass er an der Stelle meines Vaters und auf dem Bett meines Vaters liegen würde. Ich werde meinen Vater nie mehr wiedersehen, dachte ich. Er wird uns endgültig verlassen, falls dieser Mann hier einzieht. Dieser Mann, der vielleicht eine Frau hat und Kinder. Die Kinder kommen dann übers Wochenende. Davon hatte ich gehört. Ich würde mein Zimmer mit noch mehr Jungen teilen müssen. Wahrscheinlich hatte er drei Jungen, die Jack, Stephan und Timothy hießen, dann waren es sechs Jungs und ich. Ich hielt die Luft an, bis ich ohnmächtig wurde und auf dem nicht gesaugten Teppich in der Diele zusammensackte. Eine Minute später kam ich wieder zu mir und erbrach mich auf die sandige Matte vor der Tür zum Zimmer meiner Mutter.

Ich brauchte mir jedoch über weitere Kinder keine Sorgen zu machen. Meine Brüder und ich belauschten später an diesem Abend meine Mutter und den Abflussmann, die sich in einer dunklen Ecke der Veranda unterhielten, und fanden heraus, dass er zwei aus Malaysia adoptierte Töchter hatte, aber die waren älter. Er und seine Frau hatten viele Kinder in Pflege genommen, aber keine eigenen gehabt. Daran war ihre Beziehung schließlich auch zerbrochen. Das hörten wir alles durch das offene Fenster des Zimmers meiner Mutter. Sie waren nur wenige Meter von uns entfernt, aber beim Lärm der Grillen manchmal nur schwer zu verstehen.

Als wir ihre Stühle über den Holzboden der Veranda schrammen hörten, ergriffen wir die Flucht, doch sie füllten nur ihre Biergläser. Schließlich machte sich der Abflussmann auf den Weg, und wir sahen ihm vom Fenster des vorderen Zimmers hinterher. Barfuß winkte ihm Mum vom taunassen Rasen vor dem Haus zu. Ich sah, wie sie sich verstohlen umsah, ob die Nachbarn sie beobachteten.

In dieser Nacht rief mein Vater mich wieder. Ich zog das Kissen über den Kopf, um den Lärm nicht hören zu müssen. Ich wollte nicht mit ihm reden. Ich ging zu meiner Mutter, aber sie war nicht in ihrem Zimmer. Jetzt, wo der Ast weg war, schien es dort ganz leer zu sein. Wir

hatten uns schon an den Ast auf ihrem Bett gewöhnt gehabt. Der Abflussmann hatte am Nachmittag alles weggeräumt. Mit Seilen hatte er den Ast herabgelassen, wie man einen Sarg ins Grab hinablässt. In unheimlichen Kreisen waren die Blätter nach unten geflattert.
»Simone«, hörte ich meinen Vater rufen.
»Nein«, sagte ich und suchte noch verzweifelter nach meiner Mutter. Ich fand sie aufs Sofa gekauert. Sie sah sich im Fernsehen einen Spätfilm an. Ein bläulicher Schimmer lag auf ihrem Gesicht, und ich bemerkte ihre Verwirrung. Sie machte sich nicht die Mühe, mich zurück ins Bett zu bringen.
Die nächste Woche schlief sie überall, nur nicht in ihrem Bett, und der Baum rief mich erneut. Das brachte mich vollkommen zur Verzweiflung. Sie sei sauer auf ihn, sagte sie, weil er ihr Leben so kompliziert gemacht habe, indem er sie verlassen habe. Eine Weile lang wandte sie ihm den Rücken zu. Es schien einfacher zu sein, ihn sich tot vorzustellen als teilweise unter uns lebend. Die Erinnerung an ihn war störend, und obwohl meine Mutter das damals nicht wusste – oder doch? –, hinderte sie sie daran, weiterzukommen, ja, sie hinderte uns alle. Es war nützlich für sie gewesen, sich mit ihm unterhalten zu können, aber nicht so nützlich, um mit den Lebenden weiterzuleben. Und der Abflussmann war im allerhöchsten Grade lebendig. Er schien das personifizierte Leben zu sein. Wie er ging. Er stand mit beiden Beinen auf der Erde. Im Vergleich mit ihm war mein Vater noch toter. Sie waren Erde und Luft, und meine Mutter war das Feuer zwischen ihnen. Wasser war nirgends zu sehen. Wasser hätte vielleicht alles irgendwie

geschmiert und sich wie Öl auf die Verlegenheit gelegt, die ich zwischen den Dreien spürte. Das Wasser sickerte in die verstopften Abflussrohre.
Später in dieser Woche hörte ich sie schreien. Sie war unter dem Haus und hing Wäsche zum Trocknen auf, da es nach Regen aussah. Ich wollte gar nicht erst sehen, was sie schon wieder Schreckliches entdeckt hatte, und ließ mir Zeit. Ich trödelte die Treppe hinunter. Sie starrte eine Wurzel an, die sich auf der Suche nach Wasser einen Weg durch den Zement gebahnt hatte. Die Knoten der Wurzel ragten hervor wie die Knöchel einer arthritischen Hand. Einer der Holzböcke, auf denen das Haus ruhte, wurde von den Wurzeln nach oben gedrückt. Früher oder später würde er den Fußboden durchstoßen. Erneut wurde meine Mutter vollkommen apathisch. Sie wollte nicht, dass jemand davon erfuhr, weil man ihr dann nur wieder sagen würde, was sie ohnehin wusste, dass der Baum das Haus noch zum Einsturz bringen würde. Ihre einzige Hoffnung war, dass es bald regnen würde. Dann bestand die Möglichkeit, dass der Baum genug Wasser bekam. Der Boden würde sich nicht mehr zusammenziehen und das Haus zur Ruhe kommen. Sie wusste, dass sie sich irgendwann zwischen dem Haus und dem Baum würde entscheiden müssen. Das Haus war unsere Sicherheit, die Vergangenheit und die einzige Art, wie sie sich eine Zukunft vorstellen konnte. Der Baum war ihr Ehemann, die Vergangenheit und die einzige Art, wie sie sich eine Zukunft vorstellen konnte. Sie ging damit um, indem sie es einfach ignorierte und hoffte, dass sich alles in Wohlgefallen auflösen würde.

13. Kapitel

Vergebt mir, Vater«, begann ich stockend. Ich hatte die Formel so oft wiederholen müssen, dass sie mir schließlich entfallen war.
»Denn ich habe gesündigt«, half mir der Priester auf die Sprünge.
»Denn ich habe gesündigt«, wiederholte ich. »Das ist meine erste Beichte, und das sind alle meine Sünden.«
Stille trat ein.
»Das bleibt doch alles geheim?« Ich drückte mich an das Gittergeflecht, das uns trennte. Auf der anderen Seite saß Hochwürden Gillroy, der neue Geistliche. Er war überaus überschwänglich und lächelte, was das Zeug hielt.
»Aber sicher«, erwiderte er.
Ich wartete noch etwas und wusste nicht, was ich sagen sollte. Man hatte eine Liste der Sünden an uns ausgeteilt – Streiten mit Brüdern und Schwestern, Frechsein, den Namen des Herrn ohne Grund im Munde führen. Ich wollte sagen: »Alles auf der Liste, Hochwürden.« Aber nichts davon stimmte ganz. Ich hatte keine Schwestern. Ich war auch nie frech, weil ich lieber eingeschnappt war. Ich sagte auch nie: »Mein Gott«, ich sagte: »Verdammte Scheiße«, also sagte ich: »Ich bin spät aufgeblieben.«
»Das ist keine Sünde, mein Kind.«

»Vielleicht doch«, erwiderte ich. »Weil ich meine Mutter belauscht habe, und die hat sich mit einem Mann unterhalten.«
Der Umriss des Geistlichen auf der anderen Seite des Gitters bewegte sich. Er beugte sich vor.
»Ich bin mir sicher, dass du nichts Verwerfliches getan hast«, versicherte er mir. »Du hast sicher nur deine Mutter und einen Nachbarn reden hören.«
Ich merkte, er war ganz Ohr.
»Ein Abflussmann«, sagte ich.
»Oh.« Er schien erleichtert zu sein.
»Er war jedoch schon seit vielen Stunden mit der Arbeit fertig.« Ich hielt inne, um mich daran zu erinnern, was als Nächstes passiert war. »Dann ist sie rübergegangen, um sich mit Dad zu unterhalten.«
Ich blickte dem Priester in seine vorquellenden Augen. Er erkannte mich, deshalb sagte ich noch einmal: »Das bleibt doch alles geheim?«
»Natürlich. Nur Gott hört uns.«
»Dad ist in diesem Baum, und wir gehen hin, um uns mit ihm zu unterhalten.«
Ich wartete auf Lob. Ich nahm an, dass ich wegen der Engel im Himmel und des Heiligen Geistes eine Auszeichnung bekommen würde, weil ich meinen eigenen, privaten Geist hatte. Es ging mir viel besser, seit ich es ihm gesagt hatte. Jetzt begriff ich endlich, was die Beichte eigentlich für einen Sinn hatte. Ich legte mir dabei Dinge zurecht, die ich vorher nicht verstanden hatte.

»Im Baum?«, wollte der Geistliche wissen. »Wie meinst du das?«
»Dort sprechen wir mit ihm, seit er gestorben ist«, sagte ich.
Ich wartete darauf, dass der Priester genauer nachfragen und mich dann loben würde. Das tat er nicht. Die Erleichterung, die ich noch vor einem Augenblick empfunden hatte, verschwand. Ich wurde hochrot und fühlte mich beschämt.
»Sehr gut«, sagte er. »Gibt es noch etwas zu berichten?« Ich merkte, dass er versuchte, elegant das Thema zu wechseln und mich daran zu erinnern, dass ich eigentlich bei der Beichte war.
»Alles auf der Liste habe ich getan«, platzte ich heraus.
Mit einem so umfassenden Geständnis schien er zufrieden zu sein.
»Bete ein Ave Maria und ein Vaterunser und höre auf die Worte, während du sie sagst.«
Das war alles. Wir hatten gelernt, dass die Beichte ein Schwätzchen sei, nur du, der Priester und Gott. So war es auch. Ich hatte trotzdem ein seltsames Gefühl. Darauf hatte mich niemand vorbereitet.
Ich kniete in der Kirche nieder und versuchte, den Umstand nicht weiter zu beachten, dass jetzt eine ganze Reihe Mädchen in den geheiligten Bänken wartete, weil ich im Beichtstuhl so lange gebraucht hatte. Sie flüsterten mir – die Köpfe scheinbar zum Gebet gesenkt – zu: »Wie viele Sünden hast du ihm eigentlich aufgetischt?«
Katherine Padley schob ihre gerümpfte Nase unter meine Haare, die mir ins Gesicht gefallen waren.
»Man soll doch höchstens drei oder vier von der Liste beichten«, sagte sie.

Sie sah verwirrt aus und verzog ihre Nase erneut, dann schien sie etwas begriffen zu haben, fragte sich nur, was. Sie tätschelte mir den Arm, so wie die Frauen auf der Beerdigung die Trauernden gestützt hatten, indem sie sie unter den Ellbogen gefasst und aus den Kirchenbänken begleitet hatten.

14. Kapitel

»Ist das deine Mutter oben im Baum mitten in der Nacht?«, wollte Gladys wissen, als ich von dem braunen Muster ihres Wohnzimmerteppichs auf den Tisch kletterte. Sie hatte mir das Kleid bereits über den Kopf gezogen. Das Gewicht der Perlenstickerei zog es rasch nach unten. Es rauschte wie ein Theatervorhang, der zur Pause herabgelassen wird. Das Kleid hatte ein ziemliches Gewicht und einen absonderlichen Geruch. Es duftete neu, die Nähte, der Faden und die neuen Kanten, dort wo geschnitten worden war, aber der Geruch von Alte-Tante-Kleidern, wie sie im Saint Vincent De Paul Shop, dem Secondhandladen der Kirche, verkauft werden, herrschte vor. Ich wollte es so schnell wie möglich wieder ausziehen, aber sie hatte ihre Frage gestellt, wie alle Erwachsenen immer ihre Fragen stellen: Wenn man sie am allerwenigsten erwartet.

»Ich hab euch alle oben im Baum gesehen.« Sie hielt mich auf dem Tisch fest, einige Stecknadeln zwischen den Lippen. Mit ihren echsengelben Augen musterte sie mich, und ich war zu entsetzt, um antworten zu können.

Ich hörte das Schild der »Wachsamen Nachbarn« an Gladys' Gartentor scheppern und dann Schritte auf den Stufen zur Haustür.

»Hallo.« Eine Stimme ließ sich von der Fliegengittertür vernehmen.

Noch nie war mir eine Störung willkommener gewesen. Gladys' Miene glich einer einzigen großen Frage. Sie blieb am Rand eines braunen Strudels auf ihrem Teppich stehen und bewegte sich nicht mehr – wie ihre Standuhr. Sie hätte nur einen Schritt weiterzugehen brauchen, um den Besucher sehen zu können, zögerte aber gerade lange genug, so dass dieser die Stimme noch einmal erheben musste. Jetzt war sie ganz sicher, dass wirklich jemand vor der Tür stand, und bewegte ihren massigen Körper zur Fliegengittertür, während ich auf dem Tisch stehen blieb und wartete.

»Hochwürden Gillroy«, sagte sie atemlos, erleichtert, aufgeregt und entsetzt zugleich.

»Ich mache gerade meine Runde, Gladys, haben Sie etwas Zeit?«

Gladys stotterte, murmelte ein paar Worte, spuckte sämtliche Stecknadeln aus und zeigte sich bereitwillig, indem sie sich eilig am Türschloss zu schaffen machte.

»Was für eine hervorragende Arbeit!«, lobte Hochwürden Gillroy Gladys, als er mich auf dem Küchentisch stehen sah. Dann wandte er sich an mich: »Du siehst wunderbar aus, Simone.«

»Ihre Mutter hat mich darum gebeten …«, flüsterte Gladys ihm zu. »Sie hat nicht die Kraft.«

Hochwürden Gillroy nickte. Falls er sich fragte, warum Gladys mein Kommunionkleid schon Monate im Voraus nähte, zeigte er das nicht.

An diesem Abend reihte sich der Geistliche in die lange Reihe der Herren ein, die uns seit Dads Tod vor sieben Monaten aufgesucht hatten. Die anderen hatten Vorschläge, die Bankkonten, Testamente, die

Kanalisation und Kochrezepte betrafen, aber der Priester in Bermudashorts, einem Hemd mit kühnem Muster und mit einem goldenen Kreuz am Kragen hatte eine neue Variante der Unterstützung zu bieten: den geistigen Beistand. Mit mir zusammen ging er über die heiße Teerstraße. Meine Mutter war in der Verfassung, in der man sie neuerdings immer antraf: Sie hatte einige Arbeiten im Haushalt zur Hälfte erledigt – Kochen, Waschen, Putzen, Anrufe. Sie ließ eine Sache liegen, machte woanders weiter, fing etwas Drittes an und machte alles eher schlecht. Ich wusste, dass sie sich ihre Schuhe schnappen würde, wenn sie die Sandalen des Geistlichen den Weg zur Haustür entlangschlappen hörte. Sie würde in solch irren Halbkreisen hin und her wetzen, wie sie Gladys' Teppich zierten. Gleichzeitig würde sie darüber nachdenken, was sie ihm anbieten sollte, wo sie sitzen könnten, dass es ihr wirklich ungelegen kam und dass das Haus ein einziges Durcheinander war. Sie ließ uns herein und schob Edward Richtung Küche, um etwas zuzubereiten, während sie sich mit dem Geistlichen unterhielt. Sie benahm sich so, als würde sie von dem Sachbearbeiter einer Adoptionsvermittlung befragt: Sie versuchte, sich von ihrer besten Seite zu zeigen, und war gleichzeitig beleidigt, dass ihre Eignung überhaupt in Frage gestellt wurde. Sie war nervös und bissig. Das war kindisch, aber zumindest war sie nicht zum Schweigen verdammt wie wir anderen. Der Geistliche schien sich bewusst zu sein, dass er diese Reaktion auslöste, versuchte aber, sich nichts anmerken zu lassen. Zumindest war er nicht gekleidet wie eine Krähe, so wie dieser alte Priester, der sich irgendwo am Meer zur Ruhe gesetzt hatte. Seine Besuche

hatten alle in Angst und Schrecken versetzt. Sie waren geheimnisvoll gewesen, wie eine seltsame Theatervorstellung, bei der alle für sich geprobt haben, in letzter Minute zusammen auf eine Bühne gestellt werden und davon ausgehen, dass die anderen schon wissen, was gespielt wird.
Auf den jungen Priester konnte man sich keinen Reim machen, weil er normale Kleidung trug und über Sport und Gartenarbeit redete. Er schien wie alle anderen zu sein, war es aber doch nicht, weil er Geistlicher war. Er nahm unsere Gastfreundschaft an, aber so, als sei ihm das nicht wirklich wichtig, als ginge er davon aus, jemand könne ihn jederzeit zum Gehen auffordern oder ihm könne das selbst in den Sinn kommen. Es war ihm alles recht, zu essen oder zu fasten, zu reden oder zu schweigen. Aber nach einem schwierigen Mahl – schwierig, weil die Fleischsauce zum Reis voller Klumpen war und der Reis nicht durch und das Schweigen dazu äußerst unbehaglich – war er es und nicht meine Mutter, die uns erlöste.
»Lassen Sie sie doch gehen, Dawn, und ihre Hausaufgaben machen.«
Wir atmeten alle erleichtert auf, aber so leise wie eine Maus, die Luft holt, und meine Mutter und der Geistliche zogen sich auf die Veranda zurück und setzten sich einander gegenüber. Gerard wickelte sich um die Füße meiner Mutter wie eine schlafende Katze. Sie tranken Bier und schienen sich ungezwungen zu unterhalten. Jedenfalls hatte es vom Wohnzimmer aus den Anschein, wo ich mich neben dem Fernseher halb versteckt hatte.
»Sie glaubt ja nicht wirklich, dass er dort ist«, hörte ich meine Mutter sagen.

»Natürlich nicht. Das Bild ist faszinierend und nicht ohne symbolische Bedeutung. Eine Art Gedankenübertragung.«

»Wie bitte?«, murmelte meine Mutter.

Der Geistliche war überaus gebildet, aber trotzdem beschränkt, weil ihm jede Lebenserfahrung fehlte. Meine Mutter war klug, hatte jedoch kaum die Schule besucht.

»So kann man diesen Typus von Erfahrungen erklären«, meinte er.

»Das würde ich aber nicht zu ihr sagen«, entgegnete meine Mutter ungehalten. Sie konnte mit der Erklärung des Pfarrers, mit wem wir da sprachen, wenn wir uns mit Dad unterhielten, nichts anfangen. Nicht dass sie dem Geistlichen gestanden hätte, dass sie ebenfalls an den nächtlichen Redeorgien mit ihrem toten Ehemann teilnahm.

»Es handelt sich um Gedankenübertragung. Man gibt seinen Gedanken eine Stimme, eine Persona«, sagte der Geistliche.

»Sie vielleicht, aber ich nicht«, unterbrach ihn meine Mutter etwas zu eifrig und verriet sich dadurch selbst.

»Ja, ›sie‹ natürlich.« Der Geistliche hatte eine ziemlich gute Vorstellung, was los war, doch wer hatte ihm davon erzählt? Gladys? Sie konnte es nicht wissen. Vonnie? Sie würde nie was verraten. Ich bei der Beichte? Das unterlag doch angeblich der Schweigepflicht. Megan? Unwahrscheinlich.

Als sie auf dem Weg zur Haustür an mir vorbeikamen, sahen sie buchstäblich zu mir herunter, da ich vor dem Fernseher auf dem Fußboden lag. Meine Mutter schloss die schwere Glastür und ließ sich hinter mir aufs Sofa fallen.

»Ich habe ihm bei der Beichte davon erzählt«, gab ich schließlich zu, da ich die seltsame Stimmung zwischen uns vertreiben wollte. Ich hoffte, dass ich das Richtige gesagt hatte.
»Davon bin ich ausgegangen«, erwiderte meine Mutter.
»Sie haben uns gesagt, dass das alles geheim bleibt.«
»Er hat auch nur Andeutungen gemacht.« Sie sah mich nicht an, sondern musterte den Deckenventilator, dessen langsamen Rotorblättern die Fliegen folgten. »Er wollte wissen, ob du immer noch glaubst, dass du mit deinem Vater sprechen kannst. Sie sind verdammt schlau.«
Ich fühlte mich bloßgestellt und dumm. Warum hatte mich meine Mutter nicht in Schutz genommen? Jetzt tat sie so, als sei das alles nur mein Problem und sie nie in die Sache verwickelt gewesen. Offensichtlich war das Ganze ausschließlich meine Phantasie, an der sie nie teilgehabt hatte.
»Das ist Wunschdenken«, sagte sie, als wollte sie etwas leugnen, von dem wir beide wussten, dass es wirklich war. Aber wenn sie nicht mehr daran glaubte, warum versteckte sie dann die Zerstörung, die der Baum anrichtete? Warum holte sie niemanden, der den Schaden begutachten konnte? Ich fühlte mich allein gelassen, lächerlich und ohne jede Unterstützung.
»Geh zu Bett«, sagte sie, als sei alles, was wir in den vergangenen Wochen durchgemacht hatten, nicht mehr wichtig. Sie stand auf, und die Erkennungsmelodie der Siebenuhrnachrichten begleitete ihren Auszug aus dem Zimmer.

15. Kapitel

In dieser Nacht wollte ich meinen kleinen Bruder Gerard verletzen, weil ich mich an meiner Mutter rächen wollte. Wie konnte sie sich nur von etwas abwenden, woran sie selbst fest geglaubt hatte? Das konnte nicht nur der Druck des Pfarrers gewesen sein. Ihr Verhältnis zur Religion war immer zwiespältig gewesen. Kirchgang und Gottgläubigkeit hatten nie dazugehört. Sie hatte jedoch daran geglaubt, dass es für alles, was geschah, einen Grund gab, und zwar bis Dad gestorben war, dann hatte sie gesagt, dass nun auch der letzte wacklige Eckstein ihres Glaubens erschüttert worden sei. Jedenfalls sah es ihr nicht ähnlich, sich von der Meinung eines Geistlichen beeinflussen oder beunruhigen zu lassen. Ich kniff also Gerard dreimal hintereinander so fest, dass er weinend aufwachte. Ich war eine Ewigkeit über ihn gebeugt gestanden und hatte meinen ganzen Mut zusammennehmen müssen, um ihn zu verletzen. Er schlief, das wusste ich, denn er schnurrte so zufrieden, dass es mich am Schlafen hinderte. Aber er sollte für den Verrat meiner Mutter büßen. Also suchte ich nach einer Hautfalte an seinem Arm, nahm sie zwischen zwei Finger und drehte sie herum. Dabei fühlte ich mich ganz schlecht, aber nichts passierte. Ich versuchte es erneut. Dieses Mal rollte er sich murrend zur Seite. Das dritte Mal war ich so außer mir, dass ich noch härter zukniff.

Ruckartig setzte er sich im Bett auf. Die Tränen schossen ihm aus den Augen.
»Daddy«, rief er, »Daddy«, und ich fühlte mich ganz schlecht.
Ich warf mich auf mein Bett und war gerade auf meinem Kissen gelandet, als meine Mutter hereinstürzte.
»Daddy«, schluchzte Gerard.
Meine Mutter nahm ihn in die Arme und drückte ihn an sich.
»Was ist?«, fragte sie immer wieder.
»Sie hat mich gekniffen«, er deutete auf mein Bett und schluchzte hemmungslos.
»Hab ich gar nicht«, sagte ich. »Er hat geträumt, und ich kann nicht schlafen, weil er schnarcht«, schrie ich. Der Schuss ging nach hinten los, denn meine Mutter ließ meinen kleinen Bruder bei sich schlafen. Das genossen beide, weil meine Mutter in dem Bett, in dem sie in den letzten Wochen vor Angst kaum noch hatte schlafen können, jetzt Gesellschaft hatte, und weil mein kleiner Bruder jetzt das durfte, was wir alle wollten – mit unserer Mutter in einem Bett schlafen.
»Warum muss ich allein schlafen?«, hatte ich oft gefragt. »Du bist älter als ich und darfst mit Dad in einem Bett schlafen, und wir müssen allein schlafen. Das ist ungerecht.«
Sie sagte dann immer nur: »Geh ins Bett.« Das war ihre Antwort, weil ich wusste, dass sie keine hatte.
Dann begann sich die Hintertreppe vom Haus zu lösen, und wir waren endlich gezwungen, etwas zu unternehmen. Zwischen dem Haus und der obersten Stufe klaffte eine Lücke, die immer größer wurde. Die

Wurzeln unter dem Haus umklammerten die Holzböcke, auf denen das Fundament ruhte, und drückten sie nach oben. Ein Teil des Hauses war bereits aus dem Lot, und deswegen hatte sich die Lücke gebildet. In der ersten Woche schloss meine Mutter die Hintertür einfach ab, band ein Seil vor die erste Stufe der Hintertreppe und ermahnte uns, dieser nicht zu nahe zu kommen. Ich musste die Vordertreppe benutzen, wenn ich das Haus verlassen wollte, um mit Megan zu spielen. Es war so, als wäre der hintere Teil des Hauses tot und gehöre zum Reich des Baums. Mir fiel auf, dass seine Äste jetzt die gesamte Rückwand des Hauses berührten.

»Warum gehst du nicht mehr über die Hintertreppe?«, wollte Megan wissen.

Megan musste es ihrem Dad erzählt haben, oder ihr Dad hatte Megan gefragt, warum meine Mutter die Haustür benutzte, um ihre Wäsche von hinter dem Haus zu holen. An diesem Abend erschien also ein weiterer Herr. Ein seltsamer Anblick. Mr. King, der bei der Heilsarmee Tuba spielte, öffnete den Haken der hinteren Gartenpforte und zwängte sich hindurch, einen Weg, den normalerweise nur wir Kinder nahmen.

Er kam zur Hintertreppe, sah das Seil und die Spalte zwischen oberster Stufe und Haus, trat einen Schritt zurück und ging dann zur Vorderseite des Hauses. Um ihn herum wurde es heller. Die Luft hinter ihm hatte etwas Grünlichfeuchtes. Mutter bat ihn herein, und er setzte sich an den Küchentisch.

Er sei nie in unserem Haus gewesen, stellte er fest, kein einziges Mal in all den Jahren, die wir Nachbarn seien. Dazu habe es auch nie einen Grund gegeben, meinte er noch. Mutter stimmte zu, sie glaube, sie sei einmal bei den Kings gewesen, aber das sei auch schon fünfzehn Jahre her.

Er sagte, dass sie sich nicht sonderlich gut kennen würden, obwohl sie jetzt schon so lange Nachbarn seien, aber da Megan und ich beste Freundinnen seien, überlegte er, ob er sich nicht direkt an sie wenden könne. Er sagte, er habe gerade die Hintertreppe gesehen, und frage sich, ob er nicht behilflich sein könne.

»Ich kenne da wen, der vorbeikommen und sich den Baum ansehen könnte«, sagte er.

Meine Mutter sah Mr. King an. Wir waren gespannt, was sie entgegnen würde. Edwards dickes Physikbuch glitt vom Nähtisch und riss den Snack, den er dahinter versteckt hatte, mit. Kaum hatte sie einen Nachbarn beschwichtigt, tauchte also schon der nächste auf.

»Räum das weg«, schrie sie Edward an und ließ ihren Ärger an ihm aus.

»Den Baum, meinen Sie?« Sie wandte sich wieder an Mr. King.

»Ist das nicht komisch, dass Sie mich mit Mr. King anreden, obwohl wir uns schon sechzehn Jahre kennen?«, sagte er nachdenklich. »Sagen Sie Andrew zu mir.«

»Ich weiß nicht, ob ich das kann«, erwiderte sie. »Ich will es versuchen.« Sie holte tief Luft. »Ich weiß, dass man sich darum kümmern muss, Andrew. Ich habe jemanden, der vorbeikommen will.« Sie war unschlüssig.

»Ich weiß nicht, wie ich anfangen soll, und vermutlich mache ich es ganz falsch …«, sagte Mr. King mehr zu sich und hielt einen Augenblick inne, ehe er sich in ein Minenfeld kaum reflektierter, aber tief verwurzelter religiöser Überzeugungen begab. »Ich will Ihnen Ihre Religion ja nicht madig machen«, sagte er. »Und ich versuche ebenfalls, Leute nicht nach ihrem Gott zu beurteilen, aber Ihre Religion scheint mit einem gewissen Maß von Aberglauben verbunden zu sein …« Der Anflug eines Lächelns machte sich ungewollt in seinen Mundwinkeln breit.

Ich hatte keine Vorstellung, woran die Heilsarmee glaubte, ich hatte immer gedacht, sie seien einfach eine Blaskapelle. Ich wusste nicht, dass sie ebenfalls einen Gott hatten.

Meine Mutter legte den Kopf zur Seite. Sie schien keine Ahnung zu haben, worauf Mr. King hinauswollte.

»… was ich nicht verstehen kann, aber jedem das Seine. Megan hat mir erzählt, sie sei unlängst abends auf den Baum geklettert, und ich habe sehr mit ihr geschimpft, aber dann hat sie mir erzählt, warum.« Langsam schüttelte er den Kopf. »Ich bin damit immer noch nicht im Reinen. Jeder Religion fällt es schwer, die der anderen zu akzeptieren, besonders wenn es um die Sicherheit der eigenen Kinder geht …«

An diesem Punkt schob meine Mutter Mr. King aus dem Haus. Sie standen auf der Vordertreppe. Motten flatterten um die Lampe über ihren Köpfen. Ich konnte sie nicht hören, aber vermutete, dass ich gerade wieder verraten wurde. Ich wünschte mir, ich hätte nie jemandem von dem Baum erzählt, weder Megan noch meiner Mutter. Beide glaubten ohnehin nicht daran oder nur, wenn es ihnen in den Kram passte. Ich hasste sie, wollte ihnen aber nicht verraten, wie sehr ich sie hasste. Ich wusste nur, dass ich sie mit meinem Schweigen bestrafen würde, das war die einzige Reaktion, die ich kannte, und zwar auf alles.

Nachdem Mr. King in seinen schwarzen Arbeitsschuhen die Vordertreppe heruntergegangen war, teilweise rückwärts, weil meine Mutter immer noch versucht hatte, ihn von etwas zu überzeugen, schlich sie auf Zehenspitzen um mich herum. Das sah ihr gar nicht ähnlich. Ich kam zu dem Schluss, dass sie sich entweder schuldig fühlen oder zu schwach sein müsse, den Leuten zu sagen, was sie glaubte. Vielleicht wusste sie es auch selbst nicht.

Später an diesem Abend, als der Abflussmann auftauchte und die acht Stufen der Vordertreppe mit einem Sprung hochkam, ging mir auf, dass ihr das alles selbst nicht klar war. Ihre Gefühle stürzten sie in Verwirrung, weil es nicht immer sonderlich praktisch war, den toten Ehemann im Baum vor dem Fenster sitzen zu haben. Manchmal war das eine Hilfe, aber der Ärger, den es verursachte, beispielsweise wenn der Abflussmann kam, machte es verwirrend.

16. Kapitel

An diesem Abend sah ich den Abflussmann das erste Mal innerhalb unseres Hauses. Er war zu groß, um ganz hineinzupassen. Er war so riesig wie Gulliver, um den sich die winzigen Liliputaner scharen. Irgendwie war es nicht richtig, ihn mit Wänden einzuengen. Man hatte das Gefühl, er würde die morschen Nähte des Hauses bersten lassen. Mutter muss das ähnlich empfunden haben. Ich sah, wie sie sich duckte, als er sprach. Sie führte ihn durch das bis zum Fußboden reichende Fenster ihres Schlafzimmers auf die Veranda, während er ihr einen Vortrag über den Zustand des Hauses, des Baumes, der Wurzeln und der Treppe hielt.

»Kracht runter«, er deutete mit dem Arm hinter sich auf die Stufen. »... die kracht einfach so hinten vom Haus weg.«

Ich blieb stundenlang wach, fest entschlossen, nicht einzuschlafen, damit ich hören konnte, wann der Abflussmann ging, falls er ging. Unbequem lag ich auf dem Rücken und hatte einen Finger im Mund, auf den ich ganz fest biss, wenn ich schläfrig wurde. Mit dem Baum, der gegen das Fenster schlug, war es keine sonderliche Kunst, wach zu bleiben. Schließlich hörte ich, wie sie sich bewegten und bückten, um das Haus wieder durch das Fenster zu betreten. Dann gingen sie zur Haustür. Ich wusste, dass Edward noch wach war. Ich konnte ihn durch mein Fenster über seine Bücher gebeugt sehen, ebenfalls mit halbem Ohr lauschend.

Er sah jedoch nicht, was ich sah: Wie sich die beiden neben der Haustür im Dunkeln umarmten. Ich hatte sie nicht stören wollen, tat es aber doch, und meine Mutter war schockiert und außer sich vor Wut. Ich wirkte vermutlich wie die Spionin, die ich war, wie ich in der Diele stand und nicht einmal den Versuch machte, mich zu verstecken.

Sie küssten sich wie die Paare im Fernsehen, und ich muss aufgekreischt haben, weil ich so wütend war, dass ich hätte heulen können. Ohne dass mir das klar gewesen wäre, hatte ich es meiner Mutter zehnfach heimgezahlt, dass sie mich beim Pfarrer und bei Mr. King verraten hatte.

17. Kapitel

In dieser Nacht krabbelte ich auf den Baum, um mich von meinem Dad bemitleiden zu lassen. Er sang mir ein Schlaflied vor, das ich noch nie gehört hatte, und hörte nicht auf, bis ich mich beruhigt hatte. Dass ich geglaubt hatte, man würde mich dafür loben, meinen Vater oben im Baum gefunden zu haben, war wirklich dumm gewesen, und das nur wegen der Engel im Himmel, von denen immer die Rede gewesen war. Ich hatte gedacht, es würde sein wie in Lourdes. Aus der ganzen Welt würden Menschen zu unserem Baum kommen. Sie würden hierher pilgern, um von ihren Gebrechen geheilt zu werden. Ich stellte mir bereits vor, wie berühmt ich, unser Haus und unsere Vorstadt werden würden. Ich konnte nicht verstehen, dass man mich in die mystische Welt eingeweiht hatte, es mir nun aber verboten sein sollte, daran zu glauben, danach zu suchen oder meine Freude daran zu haben.

Diese widerstreitenden Botschaften verwirrten mich vollends und ließen mich die Welt, meine Mutter, Megan und den Abflussmann hassen, meine Mutter jedoch am meisten.

Da war mir aufgegangen, dass ich mich nur dann mit meinem toten Vater unterhielt, wenn es mir schlecht ging. Ging es mir gut, beachtete ich ihn nicht weiter.

»Es freut mich, mich jederzeit und unter allen Bedingungen zu unterhalten«, hatte er geantwortet.
Ich konnte meine Mutter in ihrem Schlafzimmerfenster sehen. Sie sah direkt zu uns hoch. Ich versteckte mich hinter einem ausgefransten Blätterbüschel. Ich wusste, dass sie wusste, wo ich war, würde aber trotzdem niemals mehr ins Haus zurückkehren. Ich beschloss, im Baum zu bleiben. Ich würde auf die niedrigeren Äste herunterklettern, um das Essen zu holen, das mir Edward bringen müsste. Und wenn ich ihn davon überzeugen konnte, dass ich das brauchte, würde er mir vielleicht mit Mums Genehmigung etwas weiter unten ein Baumhaus bauen. Dort konnte ich schlafen. Es gab wirklich keinen Grund, auf die Erde zurückzukehren.
Ich hörte, dass meine Mutter von unten zu mir hochzischte. Sie lehnte halb aus dem Fenster. Ich weigerte mich, ihr zu antworten.
»Ich bin wütend auf sie«, sagte ich.
»Sie muss darüber hinwegkommen, und du auch«, sagte mein Vater.
Er war so verständnisvoll, dass ich wütend wurde. Für ihn war das leicht; wo er lebte, war es vollkommen ruhig und friedlich, und der Sonnenuntergang schimmerte lachsrosa zwischen den Ästen.
Ich wollte, dass er für mich, seine einzige Tochter, Partei ergreifen würde, aber das wollte er nicht, wie immer wollte er es allen recht machen. Nie würde er mich ihr vorziehen, immer würde er ihre Partei ergreifen.
»Nie und nimmer«, entgegnete ich beleidigt. »Nie und nimmer.«
Meine Mutter hatte jetzt Edward geweckt, ihren Gefolgsmann. Sie

standen oben auf der Treppe, und ihre Stimmen waren in der milden Nacht gut zu hören.
»Simone. Komm jetzt runter«, sagte meine Mutter.
»Nie und nimmer. Du kotzt mich an«, erwiderte ich.
Es musste nach Mitternacht sein. Sie gingen die Stufen hinunter, Edward hinter meiner Mutter. Er hielt seine Schlafanzughose fest. Das Gummi war vom vielen Waschen ausgeleiert. Sie war sich bewusst, dass die Nachbarn möglicherweise lauschten, und hatte Edward vorgeschickt. Sie blieb vor der Waschküchentür stehen. James war ebenfalls wach, das spürte ich. Irgendwo im Haus saß er und beobachtete uns. Edward tat mir Leid, weil er für meine Mutter die Dreckarbeit machen musste.
»Nein«, sagte ich, als er den Baum halb hochgeklettert war und ehe er noch ein Wort gesagt hatte. »Ich komme nicht runter, du kannst dir die Mühe also sparen.«
»Verdammt, Simone«, sagte er. »Ich muss ins Bett. Ich habe morgen Prüfungen.«
Mir fiel ein, dass irgendeine schwergewichtige Tante nach Dads Tod gesagt hatte, Edward sei ja nun in der zehnten Klasse und müsse bald Examen machen.
»Ich komme nie mehr runter«, sagte ich. »Ich hasse euch alle und werde von jetzt an hier oben leben.«
»Warum fängst du nicht morgen damit an«, schlug Edward vor, »und lässt mich schlafen?«
»Nein«, erwiderte ich.

»Du bist so verdammt egoistisch«, fauchte er und kletterte wieder runter. Aber für Mutter kam das nicht in Frage. Er sollte wieder hochklettern.

»Was ist so toll an diesem verdammten Baum?«, fragte er und setzte sich auf den Ast unter meinem. Er schien sich damit abgefunden zu haben, mit mir zusammen in dem Baum zu leben.

»Ich kann mit Dad sprechen. Das ist alles«, sagte ich. »Und Mum hat das auch gemacht, aber jetzt nicht mehr.«

»Was meinst du damit, mit ihm sprechen? Dad ist tot.«

»Du hast es doch noch nie probiert. Wie willst du das wissen?«

»Weil ich weiß, dass es keinen Sinn hat.«

Ich wünschte, er würde es probieren, wusste aber, dass er in der Logik seiner Lehrbücher gefangen war, da konnte er nicht aus seiner Haut, und ich nahm ihm das nicht übel.

»Ich werde hier oben bleiben«, sagte ich, »bis sie verspricht, den Klempner nicht mehr zu küssen.«

»Hat sie ihn geküsst?«

»Ja, und das war mehr als ein Kuss«, antwortete ich

»Was noch?«

»Es war wie ein Kuss mit Armen.«

Ich konnte sehen, dass Edward den Kopf schüttelte. Jetzt schien er es nicht mehr eilig zu haben, vom Baum zu klettern.

»Was ist los?«, rief meine Mutter nach oben. Ich konnte hören, wie sie durch ihre zusammengebissenen Zähne atmete. Wir antworteten nicht.

»Könnte einer von euch was sagen?« Ich hörte es unter uns rascheln. Sie hatte begonnen, uns hinterherzuklettern.
»Wo seid ihr?«, flüsterte sie mit vor unterdrückter Wut heiserer Stimme, als sie unterhalb von Edward innehielt. Aber ich hatte das Gefühl, dass die gesamte Nachbarschaft ohnehin wusste, dass wir im Baum waren.
»Simone ist ein bisschen durch den Wind«, sagte Edward, »weil sie gesehen hat, wie du den Klempner geküsst hast.«
Edward hatte für mich Partei ergriffen. Ich verspürte eine Welle der Zuneigung. Meine Mutter antwortete nicht.
»Ich weiß nur, dass ein Uhr ist, dass ihr morgen Schule habt und dass ich Ärger mit euren Lehrern bekomme, wenn ihr todmüde seid«, sagte sie schließlich.
»Und wer ist schuld?«, wollte Edward wissen.
Ich konnte mich nicht erinnern, dass er je in diesem Ton mit ihr geredet hatte.
»Ich sollte schlafen«, meinte er. »Ich habe morgen Prüfungen, aber du weckst mich wie eine Verrückte und zwingst mich auf diesen Baum«, sagte er zu Mum. »Es ist mir egal, ob sie hier oben bleibt oder nicht.«
Vielleicht lag es an dem Abstand und an den Ästen zwischen uns, dass Edward sich die Freiheit nahm, so mit ihr zu sprechen, wie er das nie getan hätte, wenn er ihr gegenübergestanden hätte.
»Es geht euch gar nichts an, was ich mit dem Klempner mache«, sagte sie.
»O doch, wenn du ihn küsst«, sagte ich.

»Pst!«, zischte meine Mutter.
»Ich will nicht, dass du ihn küsst«, fügte ich hinzu.
Plötzlich spürte ich dieses andere schweigende Wesen. Die vierte Partei. Den Baum.
»Du verstehst doch gar nichts«, sagte meine Mutter mit schwacher Stimme und den Tränen nahe. »Ich bin so einsam.«
»An uns denkt wohl niemand«, sagte Edward.
»Hört mal, ihr versteht einfach nicht, dass ich euch lieben kann und trotzdem einsam bin.«
»Du kannst mit Dad reden«, sagte ich zu der Rinde des Astes, auf dem mein Kinn ruhte.
»Ich kann mit ihm reden, das ist wahr, aber ich kann ihn nicht anfassen.«
»Dann stell dir doch vor, wie er sich anfühlt«, schlug ich vor.
»Du bist auf seiner Seite, weil er tot ist. Das ist unfair!« Sie wurde lauter. Sie warf uns vor, dass wir ihn mehr liebten als sie. Weil er jung gestorben sei. Deswegen seien ihm Jahrzehnte des Uns-Anschreiens entgangen. Diese Arbeit müsse sie jetzt allein bewältigen. Sie bekäme immer mehr Falten, Falten, die sie sich eigentlich hätten teilen sollen, und deswegen würden wir sie mehr hassen als ihn. So argumentierte sie.
Ich weiß nicht, wer sich zuerst bewegte, aber schließlich kletterte einer von uns hinunter, und die anderen folgten. Wir starrten uns an und taten dann so, als sei nichts von alldem wirklich gesagt worden. Aber dafür war es zu spät, und wir schlichen die Hintertreppe hinauf, als eine Ladung Mangos vom Baum im Hinterhof der Kings fiel.

18. Kapitel

Die ganze Woche, in der Edward seine Abschlussprüfungen hatte, benutzten wir die Vordertür und fragten uns, wie es nun weitergehen sollte. Das Haus fiel auseinander, und die Besuche des Abflussmanns dauerten jedes Mal eine halbe Stunde länger. Die Hintertür war inzwischen fest verschlossen. Ich sah Megan nicht, ich stand auch nicht am hinteren Zaun, um nach ihr zu rufen, und auch sie rief nicht nach mir. In jener Woche fiel mir das nicht schwer, denn die Schule ging zu Ende, und auch wir hatten Prüfungen. Normalerweise folgten danach sieben goldene Wochen erfüllt von Sonnenschein, Strandausflügen und unzähligen Spielstunden mit Megan. Aber nicht in diesen Ferien. Nichts deutete darauf hin, dass irgendetwas wie sonst sein würde.

Am letzten Schultag fand mich meine Lehrerin Mrs. O'Grady unter dem Schulhaus. Ich kauerte zwischen den geschwärzten Sockeln, auf der roten Erde, die von den Ameisenbauten durchlöchert war. Es klingelte. Es war drei Uhr, Zeit, um nach Hause zu gehen, und zwar nicht nur für eine Nacht, sondern für sieben Wochen. Ich hörte meine Klasse auf den Dielen über mir feiern. Ich meinte sogar den rosa Zuckerguss auf den Fairy Cakes riechen zu können, die Katherine Padley in einem rechteckigen Plastikbehälter mitgebracht hatte. Natürlich hatte unsere Mutter vergessen, dass wir alle etwas zur Feier am letzten Schultag mitbringen sollten. Ich spürte sie auf den Dielen über mir herumlaufen und fühlte mich sicher in meiner Höhle. Ich hörte, wie sie alle nach der Pausenglocke ihre Schultaschen schnappten, ihre Pulte leer räumten und nach Hause rannten. Ich spähte unter dem Gebäude hervor. Die Eukalyptusbäume rauschten mit den Blättern, und ein Windstoß trug mir von den Bergen Eukalyptusduft zu. Ich hatte das Gefühl, ein Unwetter lag in der Luft.

Auf irgendeinen Eukalyptuswald musste heftiger Regen niedergegangen sein. Im Verbrennungsofen der Schule wurde der letzte Müll des Jahres verbrannt, und eine braune Rauchwolke stieg in das unendliche Blau des Himmels. In den Grasbüscheln vor mir entdeckte ich eine Falle; lange Gräser wurden von einem Doppelknoten zusammengehalten. Das konnte einem fast das Genick brechen, wenn man sich rennend mit dem Fuß darin verfing. Dann knallte man hin. Ich hatte gesehen, wie Tommy Butler diese Falle dem Lehrer von der Pausenaufsicht gestellt hatte. Als ich mich an dem Knoten zu schaffen machte, um ihn zu lösen, sah ich plötzlich Mrs. O'Gradys Kniescheibe vor mir. Ich dachte, meine Abwesenheit sei nicht weiter aufgefallen, hatte aber vergessen, dass mich mein Pult und mein Schulranzen verraten würden. Offenbar war meine Mutter dann doch noch vor lauter Verlegenheit mit so viel Orangensirup in die Schule gekommen, dass es für alle gereicht hatte. Mrs. O'Grady hielt den Kanister mit meinem Namen darauf in ihrer gepflegten Hand. Offenbar hatte Mrs. O'Grady da erst bemerkt, dass ich nicht da war. Meiner Mutter hatte sie erzählt, ich sei in der Nähe, so hatte sie es in der Tat ausgedrückt. Ich fand es seltsam, dass sich meine Mutter dann doch noch bemüßigt gefühlt hatte, etwas zu unternehmen. Ich war mir nicht sicher, ob es mir nicht sogar peinlicher war, dass sie verspätet etwas abgeliefert hatte, als wenn sie es ganz vergessen hätte. Natürlich war sie wegen des unerwarteten Ablebens ihres Ehemanns entschuldigt. Ich konnte mir vorstellen, wie im Lehrerzimmer getuschelt wurde und dass man genau diesen Zusammenhang herstellte.

Mrs. O'Grady geleitete mich zurück in das leere Klassenzimmer und setzte sich an ihren Tisch, während ich meine Sachen einpackte.

»Danke, Mrs. O'Grady«, sagte ich, als ich ging.

»Danke, Simone. Es war schön, dich in der Klasse zu haben.«

Ich blieb in der Tür stehen, wollte nicht gehen. Mrs. O'Grady war hübsch und trug jeden Tag ein anderes Kleid. Ihr Lippenstift war hellrosa, die Lippen eines Engels. Ich wusste, dass sie keine Kinder hatte, und träumte davon, dass sie mich mit nach Hause nehmen würde. Als ich noch den Kindergarten besuchte, dachte ich, die Fräulein würden dort leben, aber mittlerweile war ich klüger, sie besaßen eigene Häuser und blieben nicht über Nacht. Ich wollte nach Hause zu Mrs. O'Grady, nicht zu mir. Ich wusste, sie hatte ein frisch bezogenes Gästebett. Ich erinnerte mich, an diesem Morgen auf dem Weg zur Schule einen Stein für sie gefunden zu haben. Ich zog ihn hervor und ging zu ihrem Tisch.

»Mrs. O'Grady.« Ich reichte ihr den glatt geschliffenen Stein. Als ich ihn aufgesammelt hatte, war mir klar geworden, dass ich glücklich sein konnte, kein Stein zu sein, sondern ein Mädchen. Es war ein glatter Quarz.

»Danke, Simone«, sagte sie. »Der gefällt mir wirklich sehr gut.«

Ich weiß nicht, warum, aber ich brach in Tränen aus. Sie schob ihren Stuhl zurück und sprach mir dann mit ihren hellrosa Lippen ins Ohr, wie sie das getan hatte, als sie mich an dem Tag, an dem Dad gestorben war, aus der Klasse geführt hatte. So hatte sie mich abermals getröstet, als ich den ersten Tag wieder in die Schule gekommen war.

»Das ist wirklich viel für ein Kind«, sagte sie, glaube ich, unter Tränen und mehr zu sich selbst.

»Ich will nicht nach Hause«, sagte ich. »Bitte schicken Sie mich nicht weg.«

Sie konnte mich nicht ansehen oder auch nur sprechen. Sie hielt mich in den Armen, und ich weinte.

»Du hast jetzt so eine schöne Zeit …« Sie brachte den Satz nicht zu Ende, weil sie wusste, dass mich keine wunderbaren Ferien erwarteten. Ich war zu sieben Wochen mit meiner trauernden Mutter, meinen drei Brüdern und einer besten Freundin, mit der ich nicht mehr sprach, verdammt.

Mrs. O'Grady erbot sich nicht, mich nach Hause zu fahren. Ich fragte mich, ob das daran lag, dass sie das zu sehr an den Tag erinnern würde, an dem sie mich letztes Mal zu Hause abgeliefert hatte. Vollkommen außer sich hatte meine Mutter in der Tür gestanden und zu mir gesagt, Dad sei tot. Von seinem Herzproblem hatte man immer gewusst. Seit seiner Geburt, Heirat, der Geburt seiner Kinder, aber es machte es nicht leichter, dass ihm sein Tod von den Ärzten sein halbes Leben lang prophezeit worden war, als er mit 43 bei der Arbeit starb. Sie waren gerade dabei gewesen, ein Haus in Toowoomba zu demontieren und in Graceville wieder aufzubauen.

Ich hatte einmal meine Hand auf seinem Herzen liegen gehabt, als es ausgesetzt hatte. Er hatte den Kopf abgewandt. Als hätte er damit nichts zu tun.

»Die Pumpe spielt wieder verrückt, Dawn«, sagte er in solchen Momenten immer.

Manchmal fragten ihn Leute, wie es ihm gehe. Er lachte dann aus vollem Hals. Seine Heiterkeit war ansteckend.

»Noch nicht tot«, sagte er dann immer.

Das war der größte Witz überhaupt. Allerdings nicht für Mum, sie sah stets sehr besorgt aus. Dad nicht, und jetzt wusste ich auch, warum. Wenn er starb, was ein paar Wochen später tatsächlich auch der Fall war, dann war das nicht sein Problem, sondern Mums. Ich denke, er wusste, dass er bald aus dem Schneider sein würde. Er würde einfach davonschweben, und das würde wunderbar sein. Er hatte nicht einmal eine Sekunde Zeit gehabt, sich vom Leben zu verabschieden. Als es Zeit war, war er einfach vom Tisch aufgestanden, durch die Hintertür gegangen und nie mehr wiedergekommen. Jedenfalls fühlte ich mich dabei so. Die Uhr war stehen geblieben und nicht erst langsamer geworden. Sie war kurzerhand zum Stillstand gekommen.

Er und sein Partner Ab hatten Häuser demontiert und an einer anderen Stelle wieder aufgebaut. Damit verdienten sie ihren Lebensunterhalt. Sie suchten alte Queensland-Häuser, die auf hohen Holzsockeln standen, halbierten oder viertelten sie, luden sie auf Sattelschlepper und fuhren sie spätabends durch die Stadt zu ihrem neuen Standort. Dads Werkzeuge lagen immer noch unter unserem Haus. Die langen hydraulischen Hebevorrichtungen, mit denen sie die Häuser von ihren Sockeln hoben, und seine Werkzeugkiste voller Sägen und Hämmer. Dort lagen auch Teile von Häusern, Stücke von Treppen, Deckenverzierungen, Teile von Veranden, Geländer und Zierwände, aufgeschichtet und seit seinem Tod unberührt. Ab hatte versprochen, vorbeizukommen und alles abzuholen, aber ich wusste, dass er nicht die Kraft hatte, uns und Mum zu treffen. Wir hatten ebenfalls nicht die Kraft. Wir wollten das Letzte von Dad nicht auch noch verlieren. Diese Dinge waren seine Arbeit, und die liebte er. Dass sich Holzhäuser auf Lastwagen transportieren ließen, hatte ihn immer fasziniert.

Ehepaare besuchten Dads und Abs Lagerplatz und strichen zwischen den Häusern herum, die die beiden gekauft hatten, und suchten sich ihr Traumhaus aus. Das fand Dad immer aufregend, nicht nur das Geschäft, sondern auch das Leben in diesen Häusern, die oft ganz von Veranden mit Fenstertüren umgeben waren.

»Da lebt man regelrecht im Freien«, sagte er immer. »Mit der Natur, in der Natur. Das ist schon etwas ganz Besonderes. Wunderbare Häuser. Die besten der Welt.«

Er sprach immer von dem Tag, an dem er irgendwo ein Stück Land kaufen würde. Dann würde er sich ein Haus mit riesigen Veranden suchen, mitten in der Nacht dorthin schaffen, aufbauen und wieder zum Leben erwecken. Das war sein Traum. Sein Traum, nicht der meiner Mutter. Meine Mutter hatte kein Interesse an dem, was sie umgab, sie war nicht häuslich, sie hatte Sinn für Bücher, Zigaretten, Menschen und das Fernsehprogramm.

Schließlich verließ ich die Schule mit meinem Ranzen voller Bücher und dem leeren Zweiliterkanister Sirup. Langsam ging ich den Hügel hinauf und genoss jeden Schritt, den ich noch meine Ruhe hatte. Die Berge hinter dem Haus hatten etwas Verheißungsvolles. Ich wünschte mir, ich wäre auf Reisen. Dann könnte ich immer weiter auf die Linie der fliederfarbenen und grünen Hügel vor dem Ozean des Himmels zugehen. Sie lagen in der Ferne, hinter dem Autokino und dem Kloster, zu dem uns meine Mutter letztes Wochenende alle gefahren hatte, um die Beichte abzulegen. Das taten wir nur selten, aber meine Mutter war abergläubisch, und ich hatte den Verdacht, dass sie etwas loswerden wollte.

Unterhalb der Berge lag Megans Schule mit dem Sportplatz, der aussah wie ein Amphitheater. Wahrscheinlich war sie schon zu Hause. Vielleicht rief sie nach mir. Ich beschleunigte meine Schritte.

Als ich zurückkam, sah ich, dass Megan bereits zu Hause war. Zusammen mit ihrem Vater belud sie den Wohnwagen. Schon an diesem Nachmittag wollten sie in Urlaub fahren. Ich sah von meinem Fenster aus zu. Die Vorstellung, eine Reise anzutreten, schien sie mit Zuversicht und Energie zu erfüllen, und die Vorstellung, dass ich mich nicht wegbewegen würde, machte mich ganz mutlos. Wir waren in eine Depression verfallen und konnten uns nicht regen. Wir registrierten nur

gegenseitig, wie genervt wir waren. Auch Edward beobachtete die Kings beim Packen. Sonst saß er eigentlich immer nur über seinen Büchern. Jetzt war er hinter ihnen hervorgekrochen und wusste nichts mit sich anzufangen. Das Lernen war die perfekte Flucht vor Dads Tod gewesen, aber jetzt holte ihn die Wirklichkeit ein. Er hatte keinen Vater und auch keine Bücher mehr.
James hatte tatsächlich seinen ganzen Mut zusammengenommen. Wir hatten ihn angestachelt, als wir ihn auf dem Heimweg von der Schule oben auf dem Hügel getroffen hatten. Er sollte Mum fragen, ob wir dieses Jahr ebenfalls in Urlaub fahren würden. Als Antwort warf sie ihm nur einen tödlichen Blick zu, der besagte, wir könnten von Glück sagen, wenn sie uns auch nur in die Stadt mitnehmen würde.
Gerard war das vollkommen egal, er hatte jeden Tag Urlaub. Obwohl das hier die letzten Tage seiner Unschuld waren. Die letzten Wochen der Freiheit, bevor er selbst erlebte, wie es war, wenn man am Ende der Ferien den Schulbeginn als Abgrund vor sich sah.

19. Kapitel

Als Edward eingesehen hatte, dass in den Sommerferien nichts los sein würde, besorgte er sich einen Job. Er räumte im Supermarkt Regale ein. Wir anderen sahen fern und aßen gemeinsam von Picknicktellern aus Plastik Erdnussbutterbrote. Draußen war es drückend heiß. Der Himmel war blau, aber wir zogen es vor, im Haus zu bleiben. Wenn wir schon nicht an den Strand konnten, weigerten wir uns, überhaupt etwas mit der Welt zu tun zu haben. Meine Mutter meuterte ein paar Tage lang und fand sich dann mit dieser Schludrigkeit ab. Wenn sie uns anschrie, wir sollten endlich draußen spielen, saß sie schließlich selbst mit einer Tasse Suppe über die *Women's Weekly* gebeugt. Nach einem oder zwei Tagen lag sie mit uns vor der Mattscheibe und schaute Kricket. Das war wahnsinnig langweilig, stundenlang passierte gar nichts, aber das entsprach unserer Stimmung. Kricket war ein langsamer Sport, und die Hitze machte uns träge. Wir lebten von Weetabix und Erdnussbutterbroten, und dass die Kings weg waren, kam uns sehr gelegen, da brauchten wir kein schlechtes Gewissen zu haben, dass wir nicht rausgingen. Wir beteten, dass es regnen würde. Hauptsächlich gingen wir aus diesem Grund in die Kirche, denn meine Mutter wusste, dass nur Regen das Haus retten konnte. Das war zumindest die Theorie, die von den meisten Herren vertreten wurde. Man hatte uns gesagt, ein tropischer Regenguss tränke die Erde. Das stelle dann die durstigen Wurzeln zufrieden, und diese hörten auf, sich an den Fundamenten des Hauses zu schaffen zu machen. In die Kirche zu gehen, um für einen Platzregen zu beten, war nur einen abergläubischen Schritt von einem Regentanz im Hinterhof entfernt, und ich rechnete schon fast damit, dass sie einen aufführen würde, ehe die Ferien vorbei waren.

Es gab einen besonders schlimmen Tag, damals wusste ich nur nicht, warum, aber viel später wurde mir klar, dass er mit Schuldgefühlen zusammenhing, immer mit Schuldgefühlen. Nachts kam ein Murmeln und Knacken vom Fuß des Baumes, ein Kratzen und Rascheln. Am nächsten Morgen fanden wir unsere Mutter dort lang hingestreckt. Sie war kreidebleich. Ein kryptischer Zustand, den wir zu entziffern suchten. War sie tot, schlief sie einfach nur, oder war sie gestolpert und bewusstlos? Wir fanden keine zufrieden stellende Antwort auf diese Frage. Wir traten immer näher an das Bild heran und versuchten es zu verstehen. Ich beugte mich vor, um das Gesicht meiner Mutter zu berühren, das so bleich war, dass seine Konturen deutlich hervortraten. Da sah ich, dass sie die Finger bewegte. Sie erwachte und setzte sich kerzengerade auf.

»Was ist los?«, fragte sie mit ihrer gewöhnlichen Schärfe.

Als uns klar war, dass sie noch lebte und dies nur wieder eine ihrer bizarren Reaktionen auf den Verlust ihres Mannes war, murmelte Edward, dass er zu spät zur Arbeit käme, und war weg. Wieder blieben wir

drei mit unserer verrückten Mutter allein, und ein weiterer leerer, trockener, blauer, sonniger Tag dehnte sich endlos vor uns aus.
Die Frage, warum sie unter dem Baum geschlafen hatte, konnten wir ihr nicht stellen. Es war klar, dass sie die Nacht dort verbracht hatte, und eigentlich wussten wir alle, warum. Am Vorabend hatte ich sie mit dem Abflussmann sprechen hören, er hatte versucht, sie davon zu überzeugen, dass der Baum gefällt werden müsste. Die Hintertreppe war immer noch unbenutzbar, und der Fußboden bei der Hintertür begann abzusacken, da ihm die Stütze fehlte. Doch meine Mutter bestand immer noch darauf zu warten.
»Worauf?« Die Stimme des Abflussmanns war lauter geworden.
Die Stille der Nacht war durchdringend gewesen. Nur das Geräusch von Mr. Lu, der weiter seine Gräben aushob, war zu hören. Da vernahm ich die zögernde Antwort meiner Mutter. »Er ist immer noch bei mir.«
Ich hörte einen Schlüsselbund klimpern, die Haustür wurde geschlossen, und sein Lieferwagen fuhr weg. Ich versuchte vom Aufheulen des Motors auf seinen Gemütszustand zu schließen. Gekränkt und verletzt, schien der Lärm des Motors zu sagen.
Am nächsten Morgen legte meine Mutter ein paar Schlüssel auf den Küchentisch. Den ganzen Abend lagen diese zwei Schlüssel, die mit einem roten und weißen Faden zusammengebunden waren, ohne Erklärung dort. Sie waren ein Fremdkörper. Gerard nahm sie und begann mit ihnen zu spielen.
»Nicht«, sagte meine Mutter. »Du könntest, ich weiß nicht …« Sie nahm sie ihm weg.

»Warum darf er sie nicht haben?«, fragte ich.
»Weil sie kaputtgehen könnten.«
»Wofür sind sie?«, wollte ich wissen.
»Das sind einfach Schlüssel«, erwiderte meine Mutter gereizt.
Am nächsten Tag, als wir an einen geheimnisvollen Ort fuhren, erfuhren wir, dass es Schlüssel zu einem Strandhaus an der Tin Can Bay waren, das dem Abflussmann gehörte. Dorthin waren wir auf dem Weg. Wir erfuhren ebenfalls, dass meine Mutter dem Abflussmann die Erlaubnis gegeben hatte, den Baum zu fällen. Das war der Grund, warum sie die vergangene Nacht unter dem Baum verbracht hatte. Schuldgefühle. Immer Schuldgefühle.
Das erfuhren wir alles, als wir den Highway entlangfuhren. Die Sonne des Spätnachmittags blitzte immer wieder zwischen den Bäumen des Pinienwalds auf. Was uns noch mehr schockierte als ihr Bericht, war die Tatsache, dass sie an einem Stand am Straßenrand stehen blieb, an dem Ananas verkauft wurden, und die Frau bat, in ihrem Haus telefonieren zu dürfen. Wir drei saßen den Rest des Nachmittags auf dem Sofa, während meine Mutter versuchte, den Abflussmann zu erreichen. Als es ihr schließlich gelang, stand er mit der Motorsäge vor unserem Haus. Mum schluchzte und bat ihn, den Baum zu lassen, wo er war. Das tat er.

20. Kapitel

Das Haus glich einem langen Boot, das in einem Hain aus smaragdgrünen Pinien auf Grund gelaufen war. Ihre Nadeln lagen überall und pieksten unsere Fußsohlen. Nach der sechseinhalbstündigen Fahrt waren wir barfuß. Die stechenden Nadeln schienen ein schlechtes Omen zu sein. Sie malträtierten unsere Fußsohlen den ganzen Sandweg entlang, der zum Haus führte. Es gab einen Briefkasten, neunundfünfzig stand in weißen, eckigen Ziffern darauf, Illana Drive neunundfünfzig. Der Abflussmann hatte die Adresse auf ein Stück Papier geschrieben, und seine Schrift sah für einen Klempner sehr flüssig und gelehrt aus, mehr wie die eines Buchhalters.

In der abgelegenen Straße standen nur drei weitere Häuser, und durch das Grün der Bäume unterhalb schimmerte der Pazifik. Von oben erschien er statisch mit ein wenig tanzendem Schaum auf der blaugrünen Wasserfläche. Wir sehnten uns danach, uns in die Wellen zu werfen. Wir schmissen ein paar Sachen ins Haus, das aus einem Zimmer mit einer Reihe ungemachter Betten bestand, und rannten zum Meer. Der Sand wurde heißer, als wir durch die Büsche und auf den Strand zu galoppierten. Dann nahmen die Büsche ein Ende, weißer Sand begann, und die Hitze wurde fast unerträglich. Kreischend und nach Luft schnappend warfen wir uns in das blaue Wasser. Wären wir stehen geblieben, hätten sich Brandblasen an unseren Füßen gebildet. Das Wasser verhieß Wiedergeburt, Taufe und Himmel auf Erden. Wie Seehunde spielten wir stundenlang, durchpflügten die Wellen und ließen uns von ihnen ans Ufer tragen. Im seichten Wasser blieben wir liegen und ließen sie über uns hinwegrollen.

Unsere Mutter wirkte wunderbar entspannt, als sie mit uns zum ersten Mal seit Dads Tod wieder spielte. Mit aller Kraft drückte sie auf eine alte Tube Sonnencreme, die sie im Badezimmer gefunden hatte. Ein Strahl spritzte quer in den Sand. Die letzten Wochen wäre sie noch vollkommen außer sich geraten. Wir warteten darauf, dass sie einen Anfall kriegen würde, aber stattdessen öffnete sie den Mund und lachte. Die Stille war vorüber, der Tod verschwunden.

Wenn die Sonne hinter dem Hügel unterging, legten wir uns unter die gestauchten Bäume zwischen Haus und Strand. Die meiste Zeit verbrachten wir im Gebüsch zwischen den Pinien und dem langen, quaderförmigen Haus. Wir aßen draußen und grillten alles, Wurst, Gemüse, sogar Früchte wurden auf den Grill geworfen, Bananen, Tomaten, Ananas, alles war vom Feuer geschwärzt.

Im Haus waren so viele Spinnen, dass wir es nur betraten, wenn es unbedingt sein musste. Weitere Insekten kamen nachts hervor und stießen mit den Schirmen unserer Leselampen zusammen, die sie wie wild umkreisten. Wir holten Edward vom Bus ab, brachten ihn zum Haus und zeigten ihm alle Verstecke, die wir in den verwachsenen Bäumen gefunden hatten. Wir sahen ihm zu, wie er seine ersten Schritte in dem brennend heißen Sand machte und in den heißen Pazifik tauchte, unser Unterbewusstsein, unsere Vernunft, unseren Gott. Wenn wir nicht mit den Wellen spielen konnten, hatte das Leben keinen Sinn. Wir verbrachten Stunden im Gestrüpp und taten so, als seien wir Soldaten, die darauf warteten, den Feind anzugreifen. Wir blieben, bis es dunkel wurde, und hinkten erst nach Hause, nachdem die scharlachroten Wolkenbänder erst grau und dann schwarz geworden waren.

Eines Tages, als wir zum Haus kamen, war der Abflussmann dort und saß zusammen mit meiner Mutter auf der Zementstufe vor der Haustür. Entsetzt bauten wir uns vor ihnen auf. Wir bildeten zwei Fronten und waren uns nicht sicher, wie wir alle zusammenpassten. Meine Mutter war unschlüssig und sprach eine Weile darüber, was sie uns zu essen machen könnte, ehe sie sich von der Zementstufe erhob und in Richtung Küche verschwand. Der Abflussmann schlug daraufhin drei Stecken in den stachligen Sand und reichte Edward einen Kricketschläger. Vor dem Haus spielten wir beim Licht eines Scheinwerfers bis in die Dunkelheit. Jetzt wollten wir keinen Spaß mehr haben, denn das wäre uns allen wie kaltblütiger Verrat erschienen.

Das war die erste Nacht, die sie zusammen am Strand unter den Sternen zubrachten, und ich weinte, weil Dad neunzig Meilen entfernt mit uns durch denselben Sternenhimmel verbunden war und, da war ich mir sicher, darauf wartete, dass wir zurückkommen würden, und von alldem nichts mitbekam. Für seinen Ersatz war schnell und brutal gesorgt worden. Am nächsten Morgen verließen wir das Haus mit Cornflakes-Schachteln und Milchflaschen und schworen uns gegenseitig, dass wir ab jetzt und für immer in den verwachsenen Bäumen wohnen wollten.

Wir hockten auf den Ästen und lauschten dem Kreischen der riesigen Möwen und dem Rauschen der Wellen unter uns. Dann hörten wir ihre Stimmen den Pfad vom Strand entlangkommen. Wir hielten inne und wussten immer noch nicht, was wir tun sollten. Tagelang hatten wir darauf gewartet, jemanden aus dem Hinterhalt anzugreifen, jetzt bot sich die Gelegenheit, und wir vermochten es nicht. Da rief Gerard: »Mum!«, und ließ sich aus dem Baum auf den Pfad hinter sie fallen. Geheul und Blut. Er war auf eine Baumwurzel gestürzt und hatte eine klaffende blutende Wunde in der Fußsohle.

Diese Krise lenkte von der Bedeutsamkeit des Augenblicks ab, plötzlich saßen Edward und ich vor dem blutigen Sandflecken. Die anderen waren mit Gerard zu dem von Bougainvilleen bewachsenen Krankenhaus gefahren. James wollte nicht bei uns bleiben, er musste bei Mum sein, das sagte er zwar nicht direkt, aber wir spürten das. Auf uns hatte die Anwesenheit des Abflussmanns die gegenteilige Wirkung. Edward und ich wollten alles andere als in ihrer Nähe sein.

Doch James sollte sie begleiten, um sie auf Distanz zu halten. Es war Telepathie gewesen. Wir hatten uns angeschaut, Edward und ich, und gewusst, was der andere dachte. Wenn sie, unsere Mutter und der Abflussmann, nur Gerard bei sich hätten, könnten sie so tun, als sei er ihr Kind. Es war unsere Aufgabe, sie daran zu erinnern, dass wir zu viert waren und dass wir nie seine Familie werden würden.

Wir krochen zurück in die Bäume. »Er ist ihr Liebling«, sagte Edward.
»Wer?«, fragte ich.

»Gerard. Wer sonst?«
»Ich dachte, das wäre James«, entgegnete ich.
Er sei so selbstlos, sagte meine Mutter immer. Ich verdrehte dann stets die Augen und starrte auf die Neonröhre an der Küchendecke.
»Nein, Gerard«, wiederholte Edward. »James war Dads Liebling.«
»Nein«, sagte ich. »Das war doch ich, oder etwa nicht?«
»Ich weiß nicht. Ich bin der Liebling von überhaupt niemandem.«
»O doch«, erwiderte ich. »Du bist Mums Liebling.«
»Ist doch egal«, meinte er. »Noch zwei Jahre, dann kann ich ausziehen.«
Ich wusste, dass ihm das ernst war. Wie würde ich ihn je wiedersehen?
»Zieh nicht aus«, sagte ich kläglich, als könnten ihn die Wünsche seiner grusligen Schwester, so nannte er mich oft, zum Bleiben bewegen. Ich drehte einen flachen Stein in meiner Hand und überlegte mir, womit man ihn wohl davon abbringen könnte. Ohne Edward konnte ich mir ein Leben zu Hause nicht vorstellen. Ich würde mit ihm gehen. Ich konnte einfach nicht unter einem Dach mit meiner Mutter, diesem Mann und meinen beiden anderen Brüdern leben.
Wir bauten eine Mauer aus den flachen Steinen, die wie Toffee aus dem Sand hervorschauten. Unsere mittelalterliche Wand wurde länger, machte dann eine Kurve und umgab ein paar Schafe, die wir aus dem Flaum von den Eukalyptusbüschen gemacht hatten. Ich stellte mir vor, wir wären allein auf der Welt und stellten das Bild früher Besiedlung im Sand nach. Bald gaben wir uns weniger Mühe und türmten nur noch Steine aufeinander, weniger zweckmäßig als unsere

mittelalterliche Farm in dem brennend heißen Sand das gewesen war, der Ausgangspunkt unseres Steinkunstwerks. Die zweite Einfriedung verlor ihre Form. Die Steinmauern begannen zu gleiten und wurden zu Linien, Quadraten und Kreisen. Die niedrigen Bäume bezogen wir in das Kunstwerk ein. Wir banden Gräser um die unteren Äste und kletterten hinauf, um uns einen Überblick zu verschaffen. Es war eine heikle Arbeit mit den Schwierigkeiten eines Mosaikbodens, aber ohne die Aussicht, je so dauerhaft zu sein. Schließlich gaben wir auf. Wir wussten, dass am nächsten Tag nichts mehr zu sehen sein würde, aber damit fanden wir uns ab. Wir hatten getan, was wir hatten tun müssen. Wir hatten diesem Flecken Erde unseren Stempel aufgedrückt und die Besessenheit des kreativen Arbeitens dazu benutzt, die wirkliche Welt auf Abstand zu halten.

21. Kapitel

Eine Woche später kehrten wir nach Hause zurück. Der Baum im Hinterhof blühte mit limonengrünen, federartigen Blüten. Die haarigen Wurzeln umklammerten das Fundament des Hauses. Das lange Gras, das im Wind gegen den Lattenzaun schlug, erschien furchtsam. Eine Kletterrose war von einem morschen Spalier zwischen Haus und Zaun gefallen. Der Garten war so verwildert, dass er zu leben schien. Dad machte sich nicht die Mühe, sich nach unserer Abwesenheit zu erkundigen. Sie wurde nicht erwähnt, und nichts ließ das geringste Interesse daran erkennen, wo wir gewesen sein könnten.

Ich konnte noch immer seine Zuneigung spüren, die mich im Baum umfangen hielt, hatte aber gleichzeitig das Gefühl, dass wir auseinander drifteten. Außerdem war ihm meine Mutter wichtiger, und mir war wichtig, dass er sich nach ihr sehnte. Vielleicht wünschte ich mir auch, dass sich meine Mutter wieder so benehmen würde wie damals, als sie ihn das erste Mal im Baum gefunden und auf einer Laubmatratze geschlafen hatte. Um den Baum herumgetigert war sie, und wir hatten sie schlafend neben seinem Stamm gefunden. Ich wollte diese Sehnsucht wieder erleben, weil ich mich mit ihr sicher gefühlt hatte.

Meine Mutter trat auf den Hinterhof hinaus. Gerade erst hatte sie die haarige Klaue unter dem Haus entdeckt. Sie sah in den Baum hoch. Ihr

Blick durchdrang die Blätter. Der Baum atmete, das spürte ich. Mein Dad seufzte, und sie rannte wieder die Hintertreppe hinauf und vergaß dabei, wie gefährlich sie war. Dann knallte sie die Tür hinter sich zu. Da sah ich die massiven Beine von Gladys, die wie ein Maultier auf einem steinigen Pfad die Einfahrt entlangkam. Sie trug das Kommunionkleid über dem Arm, sein Weiß gebrochen von dem grünen Licht, das durch den Poincianabaum fiel. Immer weiter tappte sie. Als sie in den Hof kam, starrte sie hoch in das Reich des Baums. Er war wirklich ein imposanter Anblick. Wie eine andere Form des Lebens, die sich vervielfältigt. Die Pfahlwurzel bewegte sich unbekümmert auf das Haus zu. Eine dünnere Wurzel schlängelte sich auf die Wäscheleine zu. Jeder Finger der Baumwurzeln wirkte bedrohlich, als könnte er eine Wand eindrücken, die Wäscheleine zu Fall bringen, uns umschlingen und hochheben. Es kam mir so dünn vor, das Haus mit seinen Wänden, als bräuchte der Baum es nur einmal anzuspringen, um es zu verschlingen. Der Baum hatte Macht und Stärke. Er würde uns zerstören. Gladys war schockiert, erstaunt und hoch befriedigt, alles auf einmal. Ich wollte sie daran hindern, weiterzugehen, aber dafür war es zu spät. Sie machte einen großen Schritt über den berstenden Weg, und ich wusste, dass wir verloren sein würden, wenn Gladys die haarige Klaue unter dem Haus bemerkte. Wir steckten mit dem Abflussmann unter einer Decke, und erst wenn jemand Fremdes den Schaden zu Gesicht bekam, würde er wirklich sein. Jetzt ging mir auf, wie schwerwiegend er war. Gladys beugte sich vor und folgte den Wurzeln zum Haus. Ich wusste, dass wir erledigt waren. Sie trippelte, trippelte auf das Haus zu und wagte es, ihren Hals durch die Öffnung zu schieben, die unter das Haus führte. An der Art, wie sie ihre Schultern zurückriss, sah ich, dass sie die knorrige Hand des Baums bemerkt hatte, die nach den Fundamenten griff. Sie hatte alles gesehen, und das machte es wirklich.

Als ich an den Fuß des Baums kam, war Gladys weg. Mum sah sie noch hinter der Garage verschwinden. »Was führt die alte Krähe nur im Schilde?«, überlegte sie. Ich stand unterhalb von ihr am Fuß der Treppe und deutete unter das Haus auf den Beweis dafür, dass wir alle verrückt waren. Den unglaublichen Anblick von Baumwurzeln, die die hölzernen Stelzen des Hauses umrissen.

»Sie hat es gesehen«, sagte ich.

»Mir doch egal«, erwiderte Mum, aber ich wusste, dass das nicht der Fall war und dass es ihr einiges ausmachen würde, wenn Gladys etwas unternahm, was sie zweifellos tun würde.

22. Kapitel

Das Haus fiel auseinander und wir ebenfalls, aber nicht, ohne eine Party zu veranstalten. Das hatte Onkel Jack gesagt, der aus dem heißen, schlangenreichen Norden zu Besuch war. Er war groß und schlank wie ein Zuckerrohr und hatte ein fröhliches Lächeln und Hände so groß wie Bratpfannen.

»Das Haus stürzt euch noch ein«, meinte er. Er war gekommen, um wegen seiner Kniebeschwerden einen Arzt aufzusuchen. »Schleift sie ran«, sagte er. »Ich möchte all die alten Mädchen wiedersehen. Vielleicht ist das meine letzte Gelegenheit. Sie können nicht mehr viele Jahre zu leben haben.« Also ging meine Mutter zum Telefon und rief alle unsere ältlichen Tanten an.

Als Jack sah, was unter dem Haus los war, rief er Mum zu sich. Er befahl ihr, sich hinzusetzen, und sagte ihr dann, sie müssten sofort jemanden kommen lassen. Sie schüttelte den Kopf.

»Wir brauchen nur etwas Regen«, sagte sie nervös. »Dann werden sich die Dinge schon wieder zurechtrücken.«

»Zurechtrücken?«, erwiderte er. »Worauf wartest du, Dawn? Auf ein verdammtes Wunder?«

»Ich weiß nicht.« Ihre Stimme war kaum zu hören.

Jack kratzte sich mit allen zehn Fingern am Kopf, so verärgert war er.

»Ich kann im Augenblick überhaupt keine Entscheidung treffen«, sagte sie.
»Dann tue ich das für dich, Dawn«, entgegnete er und lehnte sich vor. »Lass mich nur machen.«
»Nein«, antwortete sie. »Gib mir noch einen Tag Zeit.«
»Wofür?«, wollte er wissen.
»Ich brauche ihn.« Sie sah ihn unverwandt an.
»Du schwörst mir jetzt, dass du morgen jemanden kommen lässt, oder ich fälle diesen verdammten Baum mit meinen eigenen Händen.«
Sie kauerte sich in ihrem Liegestuhl zusammen und zog die Knie an wie ein Kind. Wir anderen atmeten erleichtert auf, Onkel Jack war unser Erlöser. Wenn der Abflussmann versucht hatte, sich zu behaupten, hatte das nie funktioniert, aber er war auch zu nahe dran und außerdem Teil des Problems. Jack konnte ganz anders Druck ausüben, und wir waren ihm dankbar dafür. Wir waren von seiner spielerischen Kraft förmlich beschwipst und schwindlig vor Erleichterung, dass er den Abflussmann ersetzt zu haben schien, der sich seit Jacks Eintreffen dem Haus nicht mehr genähert hatte.
Er zog sie aus der Küche und deutete auf die Stelle vor der Hintertür, an der der Boden abgesackt war. Es war nicht schwer, sich das Gewicht eines Fußes vorzustellen, der erst einen Abdruck im Linoleum hinterlassen würde. Daraus würde ein Krater entstehen, und man würde in die Welt draußen stürzen.
»Ich weiß«, sagte meine Mutter. Es klang entschuldigend.
»Morgen besorge ich Holz.«

»Danke, Jack«, sagte sie. Und er setzte das auch in die Tat um. Am nächsten Tag ging er mit Edward zum Sägewerk und kaufte einen Stapel Bretter. Dann nagelten und sägten sie den ganzen Tag, bis die Stufen wieder stabil und die Dielen an der Hintertür verstärkt waren.

Am späten Nachmittag, als die Brise von der Bay auffrischte und den Duft frischen Holzes an der Hintertreppe vertrieb, hielt vor dem Haus ein Taxi. Sie waren pünktlich, alle alten Tanten. Sie gingen so vorsichtig über den Rasen, als seien die einzelnen Halme extra geschärft worden, um die Sohlen ihrer Schuhe zu durchdringen. Da bemerkten wir den Grund ihrer Vorsicht: Sie trugen hohe Absätze. Hohe Absätze! Hohe Absätze für Onkel Jack. Sie waren alle an die achtzig.

Tante Mary, zerbrechlich und klug, die, wie ich immer glaubte, wie Onkel Fester auf einem Nagelbrett schlief, aber ohne die Nägel. Tante Cath mit einer schwarzen Augenklappe, die ihr Haar so streng in einen silbernen Knoten zurückgekämmt hatte, dass sie es sich dabei beinahe ausgerissen hatte. Tante Flo, eine alte Gewerkschafterin, und ihr Mann, Onkel Val, der Trinker.

Sie nahmen am Küchentisch Platz, blieben dort vier Stunden lang in wahnsinniger Hitze dicht gedrängt sitzen und tranken Tee mit Brandy.

»Wie geht es dir jetzt?« Alle nahmen sie meine Mutter beiseite, um sie das zu fragen.

Bei jedem hielt sie ihre Tränen zurück und ließ sich von Flo ein Taschentuch mit Spitze geben.

»Diese Hütte hier fällt zusammen«, sagte Onkel Jack immer wieder, als er mit einem kalten Bier zur Fliegengittertür an der Hintertreppe ging.
»Daran ist der Baum schuld«, sagte Cath und sah über den Rand ihrer Teetasse hinweg, über die trübe Brühe an ihren Lippen. »Hau ihn um, dann wird es auch gleich viel heller.« Tante Cath dachte immer praktisch.
»Sie hat Recht. Es ist so dunkel hier drin, dass ich gar nicht gescheit denken kann«, sagte Mary.
»Nicht gescheit denken?«, höhnte Flo.
»Ich kann deine Lippen nicht sehen und deswegen nicht hören, was du sagst.«
»Dann setz halt dein Hörgerät ein«, sagte Flo spöttisch zu ihrer jüngeren Schwester.
»Das tu ich, wenn du es auch tust.«
»Dieser Baum macht viel Schatten«, sagte Flo. »Ohne ihn wär es hier drin so heiß wie in der Hölle.«
»Er wird noch das Haus zum Einsturz bringen«, meinte Cath und stellte ihre Teetasse auf die Untertasse. »Du musst etwas unternehmen, Dawn.«
Wir warteten alle auf Mutters Reaktion. Sie füllte die Teekanne wieder auf. Der Dampf fuhr ihr ins Gesicht, und sie wich zurück.
»Ich kann nicht«, sagte sie und knallte den Deckel auf die Teekanne. »In meiner Vorstellung sitzt er dort oben. Er ist auf dem Baum.«
Es folgte eine wunderbare Stille, nicht betreten oder ungemütlich, sie wurde von winzigen Geräuschen aus der Luft erfüllt, die uns ver-

banden, denn sie waren alle Iren, alle katholisch und alle abergläubisch. Sie glaubten an Gespenster, und wenn es eins im Baum im Hinterhof ihrer Nichte gab, dann war das halt so.

»Ich hätte auch nicht gedacht, dass er so ohne weiteres auf die andere Seite geht«, sagte Cath und lehnte sich zur Spüle hinüber, um die letzten Tropfen Tee aus ihrer Tasse zu gießen.

»Er ist noch nicht bereit«, meinte Mary. »Warum sollte er das auch sein, ich bin es schließlich auch noch nicht, obwohl ich doppelt so alt bin wie er.«

Für ein paar Augenblicke war das alles, denn sie verstanden das Dilemma voll und ganz. Einerseits waren sie alle sehr pragmatisch und nicht im Geringsten sentimental, und deswegen glaubte ich auch sicher, dass das Haus den Sieg über den Baum davontragen würde. Aber dann ging es auch um den verstorbenen Mann ihrer Nichte, der in einem alten Baum verweilte. Sie scharrten mit den Füßen und tranken ihren Tee. Es war kompliziert.

Jetzt hatte Jack das Problem verstanden und schlenderte zur Fliegengittertür zurück, um einen neuen Blick auf das Problem zu werfen. Er stand einen Augenblick da und deutete dann die zweiundzwanzig Stufen der Hintertreppe in den Garten hinunter. »Wer ist das?«

»Wer?«, fragten die alten Tanten im Chor.

»In deinem Hof treiben sich ein paar Rentnerinnen herum, Dawn.«

Die alten Mädchen waren sofort auf den Beinen und gingen schwankend um den Tisch herum, um selbst einen Blick hinauszuwerfen. An der Hintertür gab es ein ziemliches Gedränge, weil wir alle sehen wollten, wovon Jack geredet hatte, wie eine Hand voll Teenager, die bei einem Popkonzert alle in der ersten Reihe sitzen wollen. Ich wurde in dem Gedränge zwischen der ersten Reihe, meine drei Tanten, und der hinteren Reihe, meine Mutter, Onkel Jack und die Jungen, eingeklemmt. Erst als ich fast keine Luft mehr bekam, wurde ich nach vorne geschoben und fand mich gegen das Fliegengitter gequetscht und von dem Gewicht aller, die von hinten drückten, gehalten. Dann sah ich, worauf alle starrten – eine Gruppe Fremder, die im Halbkreis um die Hintertreppe herumstanden.

Als ich durch das Fliegengitter endlich klar sehen konnte, wurde mir klar, dass es sich um die Frauen von den »Wachsamen Nachbarn« mit Gladys an der Spitze handelte. Sie wechselten sich damit ab, unter das Haus zu schauen und den Ort der möglichen Zerstörung zu begutachten. Als Nächstes riss Mum die Tür auf und klemmte mich und die drei Tanten mit der Fliegengittertür gegen die Wand. Dann rannte sie mit den Armen fuchtelnd die Treppe hinunter wie ein verrückter Vogel, der sein Nest verteidigt. Als sie sahen, dass meine geisteskranke Mutter näher kam, bildeten die Frauen zwei Gruppen, und zum ersten Mal konnten wir sehen, dass zwei wie Beamte wirkende Männer den Baum begutachteten. Der eine stand über ein elektronisches Gerät gebeugt, das er Richtung Baum hielt, der andere vermaß die große Pfahlwurzel, die auf das Haus zukam.

Das nahm Onkel Jack zum Anlass, sich einzumischen. Er riskierte es jedoch nicht, die Hintertreppe zu benutzen, sondern rannte durch das Haus und die Vordertreppe hinunter.

Meine Mutter konnte es nicht fassen, dass sie sich ohne ihre Erlaubnis auf ihrem Hof versammelt hatten. »Ihr hättet klopfen können«, sagte sie.

»Das wollten wir doch gerade«, erwiderte Gladys.

»Von wegen. Ihr habt rumgeschnüffelt.« Meine Mutter schob das Kinn vor, als nähere sie sich einer imaginären Ziellinie.

»Schließlich betrifft uns das alle.« Eine andere der »Wachsamen Nachbarn« baute sich neben Gladys auf.

»Es tut mir Leid, gnädige Frau, aber wir dachten, es sei niemand zu Hause.« Einer der Männer der Gemeindeverwaltung versuchte, ihr Dilemma zu erklären.

»Wir waren den ganzen Tag hier. Sie hätten klopfen können.« Mum blieb ihnen wirklich nichts schuldig. Funken flogen von ihrer Zunge. Ewigkeiten lang stritten sie sich am Fuß der Treppe, während wir, einer nach dem anderen, ebenfalls nach unten kamen. Es dauerte lange, sämtliche Tanten über die Vordertreppe in den Hinterhof zu schaffen. Erst einmal mussten wir ihre Krücken finden und sie dann durchs Haus führen, die vordere Treppe hinunter, die Auffahrt entlang, über den Zementabsatz, der aus der Garage führte, und schließlich in den hinteren Garten.

Als wir eintrafen, kam es zum Showdown der Rentner. Die beiden Reihen alter Frauen standen sich gegenüber. Meine Mutter, in der Mitte gefangen, lärmte und schimpfte und rannte wütend hin und her. Die »Wachsamen Nachbarn« blökten, wichen zurück und überließen es den zwei Männern von der Gemeinde, sich um meine Mutter zu kümmern.

Die standen eine ganze Weile da und traten von einem Bein aufs andere. Es stimme, dass das Haus einstürze. Das könnten sie bestätigen, aber sie könnten trotzdem nichts unternehmen, verkündeten sie der Versammlung. Wenn der Baum auf Grund und Boden der Gemeinde stünde, sei das etwas anderes, aber da stünde er nun einmal nicht. Vielleicht sei es eine Angelegenheit des Amts für Gesundheit und öffentliche Sicherheit. Sie könnten die Sache weitermelden, das sei alles.

Die Erleichterung, jetzt doch nicht das Ultimatum gestellt zu bekommen, mit dem sie gerechnet hatte, hatte einen seltsamen Effekt auf meine Mutter. Sie war am Boden zerstört. Man hatte ihr die Entscheidung fast abgenommen, aber dann doch nicht ganz. Ihr Blick war leer. Sie hatte sich die Entscheidungsschlacht mit den Nachbarn vermutlich so vorgestellt, aber nicht diesen Ausgang. Wahrscheinlich hatte sie gedacht, dass man ihr sagen würde, der Baum müsse verschwinden. Dann wäre sie gezwungen gewesen, ihn zu fällen, und hätte allen anderen die Schuld geben können, nur nicht sich selbst.

»Hilfe«, wollte ich rufen, als die beiden Männer von der Gemeinde zusammenpackten und gingen.

»Ich habe nicht gehört, was sie gesagt haben«, murmelte Mrs. Drummond entgeistert.

»Sie können sie nicht dazu zwingen, den Baum zu fällen«, Mrs. Layton betonte überdeutlich, damit Mrs. Drummond es auch ja verstehen würde.

Onkel Jack kam die Auffahrt entlang zurück. Er hatte die beiden Männer von der Gemeinde zu ihrem Wagen begleitet. Er riskierte es, sich zwischen den beiden Reihen feindlich gesinnter Rentnerinnen aufzubauen. Meine Mutter war so benommen, als sei gerade eine Kokosnuss auf ihren Kopf geknallt. Mit letzter Kraft flüsterte sie Jack zu: »Klär das bitte, Jack.«

Allerdings hatte es nicht den Anschein, als hätte Jack auf ihre Erlaubnis gewartet.

23. Kapitel

»Wissen Sie, wie wir im Norden solche Streitigkeiten beilegen?« Diese rhetorische Frage brachte Jack mit einem verhaltenen Lächeln vor. Die Versammlung von alten Frauen, die um Jack wie ein beginnendes Lächeln im Halbrund herumstand, wartete auf eine Antwort.

»Hol ein Kartenspiel«, sagte er zu Mum.

Jack stand im Mittelpunkt, und das liebte er.

»Wählen Sie Ihr Spiel«, forderte er Gladys heraus. Seine Stimme war trocken wie ein Flussbett im Norden.

Ich hoffte, er wusste, was er tat. Die wässrigen Augen ihm gegenüber gehörten Frauen, die keine andere Leidenschaft mehr im Leben kannten als Karten – und Klatsch.

»Bridge«, sagte Gladys.

»Dann also Bridge.« Jack nickte.

Unser Schicksal sollte von einem Packen Karten und einer Flasche Brandy entschieden werden.

»Der Sieger ist der Sieger«, sagte Jack, als er die Regeln erklärte. »Und damit ist es entschieden. Wenn du verlierst, Dawn«, er sah Mutter unter seinen buschigen Brauen bedrohlich an, »dann verlierst du den Baum.«

Meine Mutter brauchte eine Weile, um sich mit dem Faktum abzufinden, dass dieser bereits lang andauernde Streit mit einer Partie Bridge beigelegt werden sollte. Sie nickte. Warum nicht. Das schien fair zu sein. Welchen anderen Prozess konnte es geben, der so gerecht war wie eine Partie Bridge?

»Aber wenn Sie verlieren«, warnte er Gladys mit zusammengezogenen Brauen, »dann müssen Sie Dawn ihr Schicksal allein entscheiden lassen. Ich weiß, dass Sie Ihr Wort halten.«

»Natürlich«, erwiderte Gladys und tat so, als sei sie beleidigt. Gleichzeitig versuchte sie auf ein Schlupfloch zu kommen, das ihr eine weitere Chance einräumen würde. Ich sah, dass sie angestrengt nachdachte, zwei von drei Partien, dachte sie, sagte es aber nicht. Ich wusste, dass sie sich das aufhob.

»Und damit ist die Sache dann vom Tisch«, sagte Jack.

Sie besiegelten es mit einem Handschlag. Jack vertrat die Interessen unserer Familie und Gladys die der Nachbarschaft.

»Dann bildet Zweiergruppen«, sagte Jack. Die Familie scharte sich bereits um ihn, um ihre Taktik zu besprechen, aber demokratisch würde das nicht abgehen.

»Cath und Flo«, sagte Jack und schrieb die Namen auf die Tafel, die Edward aus unserem Zimmer geholt hatte. Tante Cath machte eine grimmige Miene. Sie und Flo hatten sich jahrelang über die Aufteilung eines Stück Lands gestritten, das sie gemeinsam geerbt hatten. Jack war schlau. Er wollte es niemandem zu einfach machen.

»Mary und Val«, schrieb er als Nächstes. Sie hassten sich. Sie waren sich als Kinder sehr zugetan gewesen, aber als Mary Val zugunsten des nächsten Freunds abgelegt hatte, hatte Val einfach nur die Schwestern gewechselt. Er hatte mit Flo angebandelt, und Mary hatte ihm diese Bequemlichkeit nie verziehen. Und Val hatte es Mary ohnehin nie verziehen, dass sie ihn sitzen gelassen hatte.

Jetzt waren nur noch Jack und Mum übrig, und er schrieb ihre Namen mit Kreide an die Tafel. Mum war eine Niete, was Kartenspiele anging, und blieb nie lange genug sitzen, um auch nur eine Partie Poker zu beenden. Jack hingegen war ein durchtriebener Spieler. Er liebte Kartenspiele und spielte auf Sieg. Er reichte Gladys die Kreide.

Gladys belegte ihre langjährige Bridgepartnerin Daisy Sanders mit Beschlag. Mrs. Drummond mit ihrem Pokerface wurde mit der zerknitterten Mrs. Layton zusammengetan. Mrs. Johnson mit ihren in die Luft stehenden weißen Haaren hatte noch keine Partnerin. Eine Witwe fehlte ihnen. Wer in der Nachbarschaft konnte das letzte Paar voll machen? Vonnies Wäschewagen donnerte auf dem Weg zur Wäscheleine den Zementweg entlang. Alle Augen waren plötzlich auf den hinteren Zaun gerichtet.

»Vonnie«, sagten alle wie aus einem Mund.

»Vonnie.« Eine Sekunde später rückten sie, eine bedrohliche Truppe, durch den Garten vor.

»Vonnie«, riefen sie über den grauen Pfosten, der die vier Gärten miteinander verband, den der Kings, der Johnsons, Vonnies und unseren.

»Lust auf eine Partie Bridge?«, fragten sie, und Vonnie, die gerade ihre Wäsche aufhängte, hatte keine Ahnung, auf was sie sich einließ.

Ihr fiel die Kinnlade herunter, als Gladys sie darüber aufklärte, was auf dem Spiel stand, aber da war es schon zu spät. Vonnies Name stand bereits neben dem ihrer guten Nachbarin Mrs. Johnson auf der Tafel, und Vonnie wusste, wo sie besser nicht hinschauen sollte. Meine Mutter sah sie flehend an, sich eine Entschuldigung einfallen zu lassen. Sie konnte jedoch nichts machen. Jack nannte die beiden Teams SIE und WIR.

»In der Hölle kann es auch nicht heißer sein«, sagte er. »Wir spielen gleich hier.« Und mit einer Handbewegung klappte er die vier Beine des Kartentischs auf.

Vonnie und meine Mutter hatten denselben Gedanken. Wenn Vonnie ihr Spiel sabotieren könnte … das würde die Sache entscheiden. Das Auftreten meiner Mutter veränderte sich auf einmal. Sie rannte herum, stellte Stühle für die alten Tanten auf und suchte Hocker zum Abstellen der Getränke.

»Und was ist, wenn eine Windbö kommt?«, fragte Gladys, die eine Möglichkeit witterte, gegen den Austragungsort zu protestieren. »Dann fliegen die Karten weg. Das Spiel ist ungültig, und wir müssen wieder von vorn anfangen.«

»Aber sollten wir nicht unter der Trophäe spielen, der Sache, um die wir kämpfen?« Jack hob in einer dramatischen Geste den Arm hoch zum Baum.

»Ja«, sagte unsere Familie, WIR, alle.

Wenn der Baum unsere Karten sehen konnte, dachten WIR, dann konnte er sicher eingreifen.

»Nein«, sagten SIE.
SIE waren genauso abergläubisch wie WIR. Der Baum lebte, er war ein wirkliches Wesen, nicht einmal ein Nihilist hätte das in Frage gestellt. Und in ihrem Hass auf den Baum hatten SIE diesen zu einem Individuum gemacht. SIE hatten Gewissensbisse, jetzt Zeugen seines Schicksals zu werden.
»In Ordnung«, meinte Jack. »Da Sie die Gäste sind, dürfen Sie wählen.«
»Haus«, sagte Gladys, und WIR begannen den langen Marsch. WIR führten die Tanten auf ihren hohen Absätzen durch die Garage und die Auffahrt hinauf.
»Weißt du, dass sie mit einem Boot geflüchtet sind, das so groß war wie eine Matratze«, sagte Gladys und deutete in Richtung des Hinterhofs der Lus. »Mit Piraten mussten sie kämpfen, das hat mir die Frau erzählt. Und ihren ganzen Schmuck mussten sie auch essen.«
»Wie furchtbar«, meinte Mrs. Johnson.
»Bob hat sich zwei Zehen abnehmen lassen müssen«, hörte ich Mrs. Drummond Mrs. Saunders anvertrauen, als ich die mir zugeteilte Tante in die Garage führte.
»Liegt das am Zucker?«, wollte Mrs. Saunders wissen.
»Nein, sie sind einfach abgefallen. Keine Durchblutung.« Mrs. Drummond schien darüber ganz zufrieden zu sein.
Die Frauen aus der Nachbarschaft waren misstrauisch, als sie über die Schwelle traten. SIE waren ihres Sieges bereits gewiss gewesen und hatten sich dann auf einmal von den WIR umzingelt gesehen. Das war

unangenehm. WIR würden ihnen ihren Rückzug nicht leicht machen, aber Jacks Anwesenheit überzeugte Gladys wohl davon, dass die Sache fair ablaufen würde. Nach anfänglichem Zögern hatte sie es sogar eilig, ins Haus zu kommen. Die anderen waren wie Schafe, die durch ein Gatter getrieben werden. Wenn eines den Anfang gemacht hat, folgen ihm die anderen blind.

Alles begann nervenaufreibend. Mum war von einem einzigen Schluck Sherry bereits vollkommen betrunken, als die Kartentische aufgestellt wurden. Jack malte die Sitzordnung auf die Tafel, und Teewasser wurde aufgesetzt.

Die ersten vier saßen am Kartentisch unter dem Deckenventilator (der auf Gladys' Verlangen abgestellt wurde, damit die Karten nicht durcheinander gewirbelt würden). Weitere vier saßen an einem Ende des Esstischs und die letzten vier in der Küche unter den gepeinigten, leblosen, ans Kreuz genagelten Gebeinen Jesu.

Jack stellte die Uhr am Herd so ein, dass sie alle sieben Minuten klingelte. So lange durfte jedes Spiel dauern. Man beschloss, dass WIR im Uhrzeigersinn nach jedem Spiel weiterrücken würden, weil WIR die Gastgeber waren. SIE würden sitzen bleiben. Mum protestierte, unser Team sei älter, und WIR würden außerdem für Getränke und den Austragungsort sorgen, deswegen sollten WIR sitzen bleiben dürfen. Sie einigten sich auf einen Kompromiss, nach der Halbzeit würden SIE sich umsetzen, und WIR würden sitzen bleiben. Es würden vierundzwanzig Partien gespielt werden. Achtzehn vor der Pause, die übrigen sechs danach. Alle Getränke außer Wasser waren bis zur Halbzeit verboten, dann würde man die Punkte zusammenzählen und eine Toilettenpause einlegen. Von Jack hatten sie alle die strikte Anweisung erhalten, ihre Blase bis dahin im Zaum zu halten. Es wurde nichts mehr getrunken, alle konzentrierten sich auf die Karten. Bis zur Pause würde man nicht wissen, wie es stand. Es würden lediglich die Punkte aufgeschrieben.

Wir saßen auf dem Teppich in der Mitte des Zimmers und schauten zu. Ein paar Minuten lang fanden wir es spannend, dann nur noch langweilig. Wir machten den Fehler, den Fernseher anzustellen. Zehn Frauen und zwei Männer schrien uns an.

»Nein«, riefen sie unisono.

Es war kein großartiger Start für das WIR-Team, die ersten vier unter dem Deckenventilator im Wohnzimmer waren Cath und Flo gegen Gladys und Daisy. Cath und Flo hatten seit dreißig Jahren kaum ein Wort gewechselt, aber auf eine Art, auf die man nie kommen würde, wenn man sie nicht kannte. Sie erschienen bei jeder Familienzusammenkunft, sie waren Schwestern, und jeder Außenstehende hätte vermutet, dass sie gut miteinander auskämen, doch ihr Verhältnis wurde von einem Stück Land überschattet, das sie gemeinsam geerbt hatten. Sie wehrten sich beide gegen den Verkauf und dagegen, es so zu teilen, dass beide Zugang zum Strand hatten. Deswegen blieb das Land jetzt schon seit dreißig Jahren ungenutzt, und ihr Traum von einem Inseldomizil war von ihrer eigenen Dickköpfigkeit zerstört worden.

Nachdem sie das erste Spiel an Gladys und Daisy Sanders verloren hatten, sah ich, dass sie sich etwas zuflüsterten. Von diesem Augenblick

an waren sie vereint, das energische Kinn auf dem massiven Hals vorgeschoben. Sie würden sich nicht noch einmal schlagen lassen. Die beiden eine gemeinsame Sache verfolgen zu sehen, war erhebend.
Vonnie gewann jedes Spiel. Sie fühlte sich offensichtlich unwohl dabei. Von meinem Sessel aus konnte ich sehen, dass sie immer hervorragende Karten bekam. Im Unterschied zu den anderen warf ich einen Blick auf die Karten sämtlicher Spieler, sie waren recht unterschiedlich. Vonnie hatte immer die besseren. Ihr war eine gewisse Besorgnis anzumerken. Als gute Bridge-Spieler wussten alle, wer welche Karten hatte. Vonnie hätte also gar nicht mogeln können, auch wenn sie gewollt hätte.
Erst Stille, dann Rascheln, Karten, die wie ein Fächer gehalten und geordnet wurden, dann das Bieten, ohne die Miene zu verziehen, Karo Drei, Pik Vier, ohne jemanden anzusehen, nur Bieten. Eine seltsame Sprache. Sie entschied über unsere Zukunft.
Jack klingelte.
»Halbzeit, meine Damen und Herren«, sagte er, und wir rissen Türen und Fenster auf und drehten den Deckenventilator voll auf. Die Sonne stand auf den Wänden des Hauses und grillte uns bei lebendigem Leib.
»Kein Luftzug«, sagte Tante Kate. »Wir brauchen dringend ein Gewitter.«
»Heute nicht«, sagte Tante Mary, schob ihren Stuhl zurück und ging Richtung Toilette. »Zeit für ein kurzes Gebet für Irland.«
Die Schlange vor der Toilette war lang und ausgelassen. Das Eis war gebrochen, und man hatte nicht mehr das Gefühl, dass es SIE gegen

WIR waren. Die Partien und Punkte wurden analysiert, Taktiken und die Unwägbarkeiten des Kartenspiels diskutiert. Man konnte das Gefühl bekommen, beide Teams verbinde eine tiefe Zuneigung. Jack kümmerte sich darum, dass niemandem etwas fehlte, und Onkel Val war ganz in seinem Element. Er füllte allen die Brandygläser nach, die mittranken. Den anderen bot er Tee an.

Dann wandte Onkel Jack seine Aufmerksamkeit den Punkten zu. Die Stimmung veränderte sich total, als er die Ergebnisse bekannt gab. SIE lagen mit ein paar hundert Punkten in Führung. Vonnie hatte das beste Einzelergebnis, meine Mutter das schlechteste. Jetzt wurde wieder gekämpft, und alle setzten sich mit verschränkten Armen auf ihre Plätze. Für die zweite Hälfte boten sie alles auf.

Das Haus war wie ein Backofen. Man einigte sich darauf, den Ventilator langsam weiterrotieren zu lassen, sofern er die Karten nicht durcheinander wirbeln würde. Die Hitze machte allen zu schaffen.

In der zweiten Hälfte veränderte sich etwas. Vonnie begann zu verlieren. Ich bemerkte, dass sie nicht mehr so gute Karten bekam, und die Nervosität des gegnerischen Teams wuchs. WIR spürten, dass SIE nachließen. WIR reagierten jetzt nicht mehr, sondern diktierten den Verlauf.

WIR sahen die Ziellinie vor uns und wollten entscheiden, wie sie zu überqueren war. SIE brauchten nicht viel, es durfte knapp werden. Ich sah, dass sie das dachten. Auch wenn sie nur mit einem Punkt gewinnen würden, hatten sie trotzdem gesiegt. Gladys und ihr Team würde es noch viel mehr ärgern, wenn es sehr knapp würde.

Das Drama wurde plötzlich fesselnder, da das Ergebnis jetzt unmittelbar bevorstand.
Die Hitze im Zimmer ließ beim letzten Geben nach. Die Sonne ging unter, und der Himmel hinter Gladys' trauriger grüner Hecke war ein bunter Cocktail aus Orange und Rot.
Die letzten Karten lagen auf dem Tisch, und die Uhr des Backofens klingelte: Ende der letzten Partie.
»Ende«, sagte Jack und begann die Punkte zu zählen.
Es wurde still. Meine Mutter seufzte und sah sich um, als sei etwas nicht in Ordnung. Und gerade als Onkel Jack bekannt gab, dass WIR gewonnen hätten, fragte meine Mutter: »Weiß jemand, wo Gerard steckt?« Niemand hatte ihn verschwinden sehen.
»Zwei von drei Partien«, sagte Gladys sofort.
»Sie waren mit den Regeln einverstanden«, sagte Jack. »Sie wollten sie befolgen.«
»Ich finde, wir sollten weiterspielen«, sagte Gladys und versuchte, den Beistand ihrer Mitspielerinnen zu mobilisieren.
Diese schüttelten nur den Kopf. »Gegen das Ergebnis ist nichts einzuwenden«, sagte Mrs. Drummond. »Wir haben alle unser Bestes gegeben.«
»Nicht alle«, meinte Gladys und wandte sich an Vonnie. »Du warst im falschen Team«, warf sie Vonnie vor und sah sie mit ihren trüben Augen an.
»Wo steckt Gerard?«, fragte meine Mutter erneut und beachtete Gladys nicht weiter.

Niemand wusste es.
»Das ist kein faires Ergebnis.« Gladys wollte keine Ruhe geben.
»Würdest du bitte den Mund halten«, sagte meine Mutter. »Wo ist Gerard?«
Die Hintertür stand offen, aber dabei dachten wir uns weiter nichts. Sicher war Gerard unten und mit seinem Roller unterwegs, oder er spielte im Sand unter dem Haus oder tollte auf dem Rasen herum. Vielleicht war er auch unter dem Zaun der Johnsons durchgekrochen, um Mr. Lu bei der Gartenarbeit zuzusehen. Niemand rechnete mit etwas anderem.

24. Kapitel

Als wir ihn leblos am Fuß des Baums liegen sahen, den kleinen Gerard, wunderte ich mich, dass mir übel wurde. Meine Mutter kreischte und rannte zu ihm, und Onkel Jack griff zum Telefon.
Ihr Kind mit verrenkten Gliedern wie einen kaputten Ball daliegen zu sehen, brachte für meine Mutter das Fass zum Überlaufen. Sie heulte und jammerte auch noch, als sie gemerkt hatte, dass er noch lebte. Er würde wiederhergestellt werden, meine Mutter aber nicht. Was immer in ihrem Innern zu Bruch gegangen war, als sie ihn unter dem Baum entdeckt hatte, konnte nicht mehr repariert werden. Sie war außer sich, dass sie das hatte erleben müssen. Diese kurzen Sekunden, in denen sie ihn tot geglaubt hatte. Dieses Bild war wie Säure gewesen, und später an diesem Nachmittag hingen die Kleider nur noch an ihr herunter. In wenigen Sekunden hatte sie ihr gesamtes Gewicht verloren.
Sie schrie die Frauen der »Wachsamen Nachbarn« an, sie sollten verschwinden. Sie verfluchte sie, weil sie nicht unter dem Baum hatten spielen wollen. Sie gab ihnen die Schuld an seinem Sturz, daran, dass sie verloren hatten und es ihr so gestattet hatten, den Baum zu behalten, den sie gar nicht mehr wollte.
Ihr Preis ragte über uns und umgab uns, und sie schrie ihn an wie eine Irre, bis der Krankenwagen kam und Jack sie zum Haus zog, um sie zu

beruhigen. Sie schrie ausnahmslos jeden an, aber hauptsächlich den Baum, weil sie wusste, dass dieser Gerard zu sich gerufen hatte, ihn aufgefordert hatte, in seine Arme zu kommen. Seinen Jüngsten, bezaubernd unschuldig, wer konnte Dad einen Vorwurf machen, dass er ihn gerufen hatte, und wer konnte Gerard vorwerfen, seinen Vater aufgesucht zu haben?

Alles drehte sich vor meinen Augen, als ich seinen Arm unnatürlich nach hinten gebogen sah, den weißen Knochen sichtbar, gesplittert und spitz wie bei einer zerbrochenen Teetasse. Mit wem sollte ich mich jetzt streiten? Wen würde ich knuffen, wenn ich wütend war? Ich fürchtete, dass ich mich nie mehr mit Gerard würde raufen können.

Die Frauen der »Wachsamen Nachbarn« bewegten sich in einer unsicheren Kolonne die Auffahrt entlang und auf das Tor zu, als der Krankenwagen eintraf. Ich hörte sie kommen, wie damals, als ich oben im Baum gehangen hatte. Sie rasten die Hauptstraße entlang und brachten den Verkehr an der Ampel zum Stillstand. Dann sah ich dahinter den Wagen des Abflussmanns. Meine Mutter bemerkte ihn ebenfalls. Sehnsucht und Ratlosigkeit standen ihr ins Gesicht geschrieben, und die betagten Tanten stellten sich in Abständen um sie herum auf und wirkten wie ein Kraftfeld, das sie an ihrem Platz und ihn auf Abstand halten sollte. Alle plapperten und stellten Fragen wie eine Reihe Spatzen auf einem Telefondraht. Sie palaverten über Frakturen und Brüche und über Arthritis in fortgeschrittenem Alter. Ich wünschte mir, jemand würde mit dem Luftgewehr auf sie losgehen. Dann verstummten sie plötzlich, das Plappern hatte ein Ende. Sie begutachteten Mums

Verfassung, sie stand unter Schock, und der Ring um sie herum wurde enger.

Der Abflussmann wartete immer noch darauf, dass sie ihm ein Zeichen geben würde, dass sie ihm erlauben würde, die Tür seines Lieferwagens zu öffnen und die Auffahrt hinaufzugehen, aber das tat sie nicht. Ihm wird die Spirallinie aus alten Frauen um sie herum aufgefallen sein, und er wird geglaubt haben, dass sich eine von ihnen etwas gebrochen hatte. Kies knirschte unter den Reifen seines Lieferwagens. Er fuhr davon, als die Sanitäter mit einer Trage die Auffahrt entlangtrabten.

Die Spirale von Verwandten legte sich unbeweglich um meine Mutter. Sie bewegten sich mit ihr, in welche Richtung sie auch ging. Sie hingen mit ihr über Gerard, als die Sanitäter ihn auf eine Trage legten. Sie schleppten sich mit ihr den Hügel hinauf zur Rückseite des Krankenwagens, und dort versuchte man sie loszuwerden. Aber mit Vernunft war ihnen nicht beizukommen. Wie ein Mann stiegen sie neben meiner Mutter und Gerard in den Rettungswagen. Die Sanitäter protestierten, das sei gegen die Bestimmungen, es sei kein Platz, sie könnten das nicht erlauben. Nachdem alle Ermahnungen ignoriert worden waren, schlossen sie hinter der Meute die Wagentüren. Am Ziel angekommen, dauerte es Stunden, die alten Damen mit ihren hohen Absätzen die Krankenhauskorridore entlangzubugsieren.

Gerard hatte sich den Arm und das Schlüsselbein gebrochen. Er war bewusstlos, aber bald würde es ihm besser gehen, alles würde heilen, aber nicht bei meiner Mutter, sie war am Boden zerstört und wie von Sinnen.

Sie kam aus dem Krankenhaus zurück. Der Abflussmann wartete vor dem Haus. Jack war mit Tante Cath in der Notaufnahme geblieben. Cath war mit ihren hohen Absätzen auf einer Rampe umgeknickt, und sie hatten sie gleich zur Beobachtung dabehalten. Da Jack nicht da war, hatte der Abflussmann offensichtlich das Gefühl, die Gelegenheit sei günstig. Aber sein Timing, bisher immer einfühlsam und tadellos, war vollkommen falsch. Meine Mutter warf nur einen kurzen Blick auf ihn und heulte, sie wolle ihn nie mehr wiedersehen. Das war aber erst der Anfang.

»Oder irgendeinen Mann, solange ich lebe«, fuhr sie fort.

Er versuchte sich zu verteidigen. Er hätte den Krankenwagen gesehen, sagte er, er müsse wissen, was los sei. Er habe sich größte Sorgen gemacht, weil er nicht Bescheid gewusst habe.

Ich sah, wie schwer es ihr fiel. Seine Besorgtheit rührte sie, aber sie wollte sich nicht rühren lassen.

»Geh«, sagte sie, »und komm nie mehr zurück. Niemals! Du machst alles nur noch schlimmer.« Ihre Miene sagte allerdings etwas ganz anderes. Ihre Augen sagten: Ratlosigkeit.

Er ging, der Abflussmann, geschlagen. Zum ersten Mal, seit ich mich erinnern konnte, tat er mir Leid.

Ihre eigentliche Wut hielt sie jedoch für den Baum zurück. Der Anblick von Gerard mit dem einen Arm in einer Schlinge, Schlüsselbein und Rippen bandagiert, ihr perfektes Kind beschädigt, führte zu einem Wutausbruch.

Sie sah ihn, wie er auf dem Fußboden mit einem Haufen Spielzeug spielte, und das war der Auslöser.
In der Ferne donnerte es, und Wolken ballten sich im Westen zusammen. Die Stimmung meiner Mutter entsprach dem sich zusammenbrauenden Unwetter. Windböen und fernes Rumpeln. Sie hatte etwas zurückgehalten, und das stand nun kurz vor der Explosion. Es beeinträchtigte ihre Zurechnungsfähigkeit.
Ich hörte sie in der Küche. Sie machte sich im Schrank unter der Spüle zu schaffen, dann ging sie in ihr Schlafzimmer, riss die Schranktüren auf und fetzte Müllsäcke von einer Rolle. Sie begann, alle seine Habseligkeiten in Säcke zu werfen. Das letzte Mal hatte sie die Dinge fast zärtlich in Koffer und Kartons gepackt. Jetzt wurde alles wie Müll vollkommen ungeordnet durcheinander geworfen. Kleider, Papiere, Bücher kreuz und quer, nichts sollte wiederverwertet oder weitervererbt werden. Alles wurde als Abfall behandelt. Sie wütete in ihrem Schlafzimmer herum, knallte Schranktüren und Schubladen zu. Es war klar, alles sollte verschwinden.
Als sie fertig war und die randvollen Müllsäcke in zwei Reihen an der Wand standen, nahm der Wind zu, und mit ihm kamen die ersten Regentropfen. Sie ging durchs Haus, fast schleichend, und vorsichtig die Hintertreppe hinunter. Ihre Schritte wurden bestimmter, ehe sie den Deckel von Dads Werkzeugkiste aufriss. Ich hörte, wie Metall auf Zement entlangschrammte. Sie zerrte die schwere Axt am Stiel den rissigen Zementfußboden entlang in den Garten. Dann hob sie sie über den Kopf und zielte auf den Stamm des Baums.

Im Haus zogen wir die Kissen über den Kopf und versuchten, ihre Stimme nicht zu hören. Sie schrie ihn an. Sie gab ihm die Schuld an dem, was Gerard zugestoßen war. Die Nachbarn, alle in der Vorstadt hörten sie.
Die Trockenheit nahm in dieser Nacht ein Ende, und zwischen den Donnerschlägen hörten wir, wie sie ihn anschrie. Sie klagte ihn an, er habe ihr das Kind genommen oder es zumindest versucht. Er habe ihn gerufen und gezwungen, auf den Baum zu klettern. Da wusste dann die gesamte Nachbarschaft, worum es bei dem Baum ging, falls sie es bislang tatsächlich noch nicht gewusst hatte.
Ich konnte es nicht mehr ertragen. Von meinem Fenster aus sah ich, wie sie weit ausholend mit der Axt auf den Baum einhieb. Ich traute mich nicht, mich ihr zu nähern, falls sie nicht wusste, was sie tat. Ich begann zu zittern. Ich hatte Angst, sie würde mich töten, falls ich ihr zu nahe käme.
Edward sah ihr von der obersten Stufe aus zu. Wir wussten, dass wir sie ins Haus bekommen mussten. Wir riefen sie.
»Mum …«, versuchte ich.
»Geht weg …« Sie wies meine Bitte mit einem wütenden Fauchen zurück.
Wir traten einen Schritt zurück.
»Komm schon rein, Mum …« Edward versuchte es als Nächster und bemühte sich, seine Stimme so normal wie möglich klingen zu lassen.
In der folgenden Stille hörten wir, wie die Axt zu Boden fiel. Jetzt tauchte ihre Gestalt schwankend in dem schmalen Lichtstreifen auf,

den mein Fenster auf den Hinterhof warf. Da bemerkten wir einen Schatten an ihrer Seite. Vonnie, die sich wie ein großer Schutzengel über sie beugte. Sie lotste Mum vom Baum weg und aufs Haus zu, führte sie die hintere Treppe hinauf und an uns vorbei in die Küche. In diesem Moment stieß Onkel Jack die Haustür auf.

»Jetzt fäll das verdammte Ding endlich«, schrie Edward. Ihr Irrsinn reichte ihm, er verlor die Nerven. »Wenn du es nicht tust, tu ich es eben.« Er stürmte aus der Küche und auf die Hintertür zu.

»Nein«, schrie meine Mutter hinter ihm her.

Onkel Jack ging direkt auf Edward zu und zog ihn in die Küche zurück.

»Das war ein langer Tag heute.« Er hielt Edward an den Schultern fest und sprach leise in seine dunklen Haare. »Ich schlage vor, wir hauen uns alle hin und kommen um elf Uhr zu einer Lagebesprechung wieder zusammen.«

Niemand hatte einen besseren Vorschlag. Wir nickten und gingen auseinander. Vonnie blieb. Ich hörte, wie sie unter der grellen Neonröhre der Küche mit ihrer leisen, eindringlichen Stimme auf meine Mutter einredete.

25. Kapitel

In dieser Woche fuhr Jack zurück in den Norden. Er versprach hoch und heilig, bald wiederzukommen, aber seit seinem vorigen Besuch, wenn man von Dads Beerdigung einmal absah, waren auch fünf Jahre verstrichen. Ich ging also davon aus, dass bis zum nächsten Wiedersehen wiederum fünf Jahre vergehen würden. Als er seine Tasche zu dem wartenden Taxi trug, folgten wir ihm feierlich einer nach dem anderen.

»Kümmer dich um deine Mutter«, sagte er über die Schulter zu Edward, der direkt hinter ihm ging. »Macht ihr keinen Ärger«, ermahnte er James und mich.

»Und du, Kleiner«, er hob Gerard hoch und tätschelte sein gebrochenes Flügelchen, das in einer Schlinge vor der Brust ruhte, »kein Bäumeklettern mehr.« Gerard sprang aus Onkel Jacks Arm und ließ sich ins Gras fallen.

Jack legte meiner Mutter seine riesige Pranke auf die Schulter.

»Bis bald, Dawn«, sagte er.

Mum antwortete knapp und versuchte zu verbergen, wie verlassen sie sich nach seiner Abreise vorkommen würde.

»Ja«, sagte sie nur und starrte auf das Gras zu ihren Füßen.

»Denk daran, was wir abgemacht haben«, mahnte Jack.

Jack hatte am Vorabend die Telefonnummer eines Baumspezialisten herausgesucht, angerufen und mit dem Mann vereinbart, dass er mit meiner Mutter einen Termin absprechen würde.
»Ich habe ihm gesagt, er soll noch diese Woche kommen«, sagte Jack.
»Diese Woche?«, protestierte Mum. Dann nickte sie. »In Ordnung«, meinte sie und versuchte uns alle davon zu überzeugen, dass sie jetzt bereit sei.
»Was willst du noch?«, schrie Jack sie an. »Er kann von Glück sagen, dass er noch am Leben ist.« Ich wusste, er sprach von Gerard.
Mum blickte zu Boden, während Jack sie ausschimpfte. Er behandelte sie wie eine Zwölfjährige.
»In Ordnung«, willigte sie schließlich ein. »Ich mach das.«
»Dawn!« Er sah sie durchdringend an.
»Ich höre, was du sagst«, erwiderte sie leise, meinte es dieses Mal aber.
»Ich ruf die Polizei, falls ich höre, dass du ihn nicht gefällt hast.« Das waren Onkel Jacks letzte Worte.
Er sagte das in unserem Beisein, wir sollten es ebenfalls hören. Ich wusste, das war seine etwas unbeholfene Art, uns wissen zu lassen, dass wir uns nicht so verlassen vorkommen brauchten, aber genau so kamen wir uns vor.
»Ich kann nicht alles machen, Dawn. Wenn ich ihn fälle, wirst du mir das nie verzeihen«, hatte er gesagt.
Das war nur zu wahr, meine Mutter konnte bitter und irrational sein, und Jack wollte sich nicht in die Rolle des Sündenbocks drängen

lassen. Er hätte das ausgehalten, hatte aber keine Lust dazu, auch dann nicht, wenn unser Leben davon abgehangen hätte.

»Du musst zumindest den letzten Schritt tun, Dawn«, hatte er gesagt.

Jack musste sich ziemlich bücken, um in das Taxi zu kommen. Er warf seine Tasche auf den Rücksitz und ließ sich auf den Beifahrersitz fallen. Dann schloss er die Tür. Ich dachte, er würde mich ansehen, als das Taxi wegfuhr, aber ich wusste, dass er Augen wie das Heilige Herz hatte, sie schauten alle gleichzeitig an und folgten allen überallhin. Wir rannten hinter dem Taxi her den Hügel hinauf, aber als wir die Hibiskusbüsche erreicht hatten, fuhr es uns davon. Ich blieb stehen, weil ich wusste, dass es keinen Sinn hatte, weiterzulaufen. Jetzt würde ich Onkel Jack nie mehr zurückbekommen.

Wir schlenderten zum Haus zurück und kamen uns alle recht verloren vor. Mum ließ ihre Wut am Schrank mit den Töpfen aus. Sie klapperte wie ein Sherpa, der Berggeister abwehrt. An diesem Abend war die Stimmung am Esstisch niedergeschlagen. Mum knallte die Teller auf die Tischplatte, und Gerard fragte nach Onkel Jack, sonst war es still. Meine Mutter trug wieder die volle Verantwortung. Schließlich explodierte sie.

»Er hat schon eine Familie. Er ist der Vater von jemand anderem.«

Wir wussten, dass er eine Familie hatte, die ihn brauchte, hatten aber das Gefühl, ihn nötiger zu haben.

26. Kapitel

Onkel Jack rief spätabends noch einmal an, um sich zu vergewissern, dass bei uns alles in Ordnung war. Dann pfefferte er den Rest der Woche jeden Abend mit seinen Anrufen, um sicherzustellen, dass meine Mutter auch tun würde, was sie versprochen hatte. Wir lauschten ihrer Seite der Telefongespräche und stellten uns vor, dass Onkel Jack von seinem Haus weit im Norden von Queensland aus anrief, das inmitten einer heißen Zuckerrohrplantage lag.

Schließlich rang sich meine Mutter zu dem Anruf durch, und ein großer, stark behaarter Mann kam zu unserem Haus, dessen Overall unzählige Gras- und Laubflecken hatte. Unter seinen Fingernägeln war Baumrinde. Es war nicht leicht, ihn zu mögen, weil wir wussten, was er tun würde. Er schien ein recht angenehmer Mensch zu sein, aber trotzdem blieben wir alle auf Abstand. Wir sahen ihm von der Hintertür aus zu, wie er um sein Opfer herumging. Er betrachtete den Baum von oben nach unten und sagte dann:

»Wirklich eine Schande, ihn zu verlieren.«

Wir nickten alle.

»Aber ich verstehe«, meinte er dann. »Es muss sein.«

Er wolle am Wochenende, Samstagmorgen, wiederkommen, wenn uns das passe. Ja, entgegnete meine Mutter, und das Geschäft war per-

fekt. Gott sei Dank, seufzten meine Brüder und ich, und ich überlegte mir, ob mein Vater den Handel wohl mitbekommen hatte.
»Falls sie das nicht durchzieht, erledige ich das«, hatte Edward gesagt.
»Wie?«, wollten James und ich mit berechtigtem Interesse wissen. Wir waren uns nicht sicher, ob er sich nicht einfach wichtig machte.
Edward boxte James gegen den Arm und kniff mich fest ins Bein. Obwohl James und ich beide in Tränen ausbrachen, waren wir erleichtert, uns endlich wieder einmal prügeln zu können. Seit Onkel Jack gefahren war, hatten die Spannungen zwischen uns zugenommen. Am Vortag hatte Gerard uns drei auf dem Sofa angetroffen. Wir saßen ganz dicht nebeneinander. Das war ihm unheimlich, und er erzählte es unserer Mutter. Diese schrie uns an und schickte uns auf unsere Zimmer. Sie hatte den Verdacht gehabt, dass wir etwas planten, da wir uns ausnahmsweise einmal nicht stritten. Das war aber gar nicht der Fall gewesen. Wir waren auch nicht über Nacht dicke Freunde geworden oder führten etwas im Schilde, wir waren nur einfach wie betäubt und zu ratlos, um uns zu streiten.
Mum nahm uns an diesem Sonntag alle mit in die Kirche. Zweimal in einem Monat, hörte ich Mrs. Drummond sagen, die zu taub war, um zu wissen, wie gut ihre eigene Stimme trug, als Mum uns in eine leere Bank vor dem Seitenaltar schob. Meine Brüder und ich waren darüber aber recht froh. Ich hatte das Gefühl, dass sie dasselbe dachten wie ich: Sie will ein letztes Mal für Dads verlorene Seele beten. Die letzte Beschwörung, bevor sie ihn los ist.

Neben ihr sah ich jetzt, wie sich ihr Gebet zum Himmel erhob. Ein winziges, perlengroßes Paket, noch feiner und magischer als eine Spinnwebe, weit oben unter der Decke der Kirche. Es setzte seine Reise durch die Oberlichter in den Himmel und zu Gottes geduldigem Ohr fort. In dem Paket lag eine Perle, und auf dieser Perle stand ihr Gebet.

Es lautete: Gott, falls du dort bist, sage mir, ob ich die richtige Entscheidung getroffen habe.

Auch wenn das Gebet zu einer persönlichen Glaubensfrage wurde, hatte ihr Ansinnen eine gewisse Dramatik, die ich aufregend fand.

Ich sah James und Edward von der Seite an. Wir fünf kauerten nebeneinander in der Bank wie eine Hockey-Mannschaft, die verliert, aber irgendetwas würde sich ändern, das war alles, worauf wir hoffen konnten. Auch wenn alles nur schlimmer werden würde, so würde es doch besser, weil es zumindest eine Veränderung mit sich bringen würde. Statisch wie ein Bild und wie die Welt an den Tagen, die auf die kühle Luft vom Meer warten, damit Leben entsteht, damit sich etwas regt und verändert, egal was, das diesen Wind mit sich bringt, der Dinge bewegt und verändert.

Sie wusste, dass ihr etwas genommen werden würde, wenn der Baum nicht verschwand. Das wussten wir alle, und ich hatte nicht das Gefühl, dass Dad grausam war oder schrecklich oder sich so mürrisch benahm wie früher manchmal. Die Macht des Baums und wie er uns auf die Pelle gerückt war, erinnerte mehr an das Verhalten eines Kindes, das ganz plötzlich größer wird und mit seiner Kraft nicht umgehen kann. Wie ein Junge auf dem Schulhof, der drei Köpfe größer ist als seine gleichaltrigen Klassenkameraden. Das war kein rachsüchtiges Verhalten. Dad war dieser frustrierte Junge mit überschüssiger Kraft, die er nirgendwo auslassen konnte. Er war auch nicht gemein, weil er das nie gewesen war. Das wusste ich, weil meine Mutter meinen Vater immer dafür kritisiert hatte, zu gutmütig zu sein. Sie behandelte ihn wie einen Verbrecher, wenn sie das Gefühl hatte, dass er unnötig freundlich zu jemandem gewesen war. Das ergab keinen Sinn, aber sie war eifersüchtig auf seine Fähigkeit, was er besaß, zu teilen.

Es war immer noch einfacher für meine drei Brüder, für mich stand mehr auf dem Spiel. Ich würde jede Möglichkeit, die ich je gehabt hatte, verlieren, mich mit meinem Dad auszutauschen, und ich war noch nicht bereit, darauf zu verzichten.

Dann schlug eine Tür zu, und die gesamte Gemeinde sprang gleichzeitig auf. Die orangenen Scheiben in der Seitentür, die zugeknallt war, vibrierten. Eine Brise war aufgekommen und eine Kristallvase zu Füßen der Gottesmutter umgefallen. Die Gladiolen fielen kreuz und quer zu Boden.

Mrs. Beatty, die in der Bank vor uns saß, rannte los, um Vase und Blumen zu retten, und ihr Mann stellte die Tür wieder auf. Eine Brise wehte von der Bay. Es war Ende Januar, es gab fast keine Luft zum Atmen, und der Sommer dauerte jetzt schon Monate. Die tropischen Wetterfronten, bei denen an einem Nachmittag ganze Fluten niederprasseln konnten, um die Hitze des Tages abzumildern, waren immer noch nicht gekommen. Wir waren also begierig darauf, die Luft im

Nacken zu spüren, die uns die Köpfe an den Haarwurzeln kühlte. Wir sogen die Luft ein, ob sie auch nur die geringste Feuchtigkeit enthielt, aber das tat sie nicht.
Meine Mutter dachte, dass der Wind die gewaltige Kraft Gottes war, ich spürte das. Sie wusste, dass ihre Gebete beantwortet worden waren. Sie hatte die richtige Entscheidung getroffen.

27. Kapitel

Am nächsten Morgen erwachte ich vom trällernden Ruf der Elster. Ich öffnete ein Auge und sah den weiten blauen Himmel durch das staubige Fliegengitter und schmiedete Pläne für den Tag. Dann zog es mir den Magen zusammen, als mir einfiel, dass die Schule wieder begann.

Die Füße hassten es, nach Monaten der Freiheit in Schuhe gezwängt zu werden. Juckende Ärmel und Nähte, wieder Eingesperrtsein und Worte. Noch immer war der Regen nicht gekommen. Er hatte in der Nacht, in der Mum auf den Baum losgegangen war, begonnen und sofort wieder aufgehört. So etwas hatte noch niemand erlebt, die Menschen, die auf den Regen warteten, waren nervös und drehten durch. In einem nahe gelegenen Vorort war jemand erschossen worden. Ein junger Vater hatte an einem Sonntagmorgen seinen Rasenmäher angeworfen. Bei dem Lärm war sein Nachbar so außer sich geraten, dass er ein Gewehr aus dem Schrank gezerrt und ihn erschossen hatte.

Am Ende der Woche hatten Megan und ich uns wieder versöhnt. Wir saßen auf unserer Riesenschaukel, wiegten uns hin und her und ließen die Füße im Gras schleifen.

»Dinosaurier, der von drei kleinen Schweinen verfolgt wird«, sagte

Megan und legte den Kopf in den Nacken, um weiter in den zusammengeballten Wolken zu lesen.

»Ich sehe einen Tiger«, sagte ich, »und eine alte Frau mit nur einem Auge.«

»Und einen Mann auf einem Emu.« Megan deutete hinter meinen Kopf.

»Wir haben in einem Haus gewohnt, das ganz von Sand umgeben war«, meinte ich und drehte mich um, um zu versuchen, das Bild am Himmel zu finden, das sie beschrieben hatte.

»Wir sind jeden Abend ewig lang aufgeblieben«, sagte Megan. Wir sahen beide ihrem Mann hinterher, der ohne Sattel auf einem Emu durch den Himmel ritt.

»Ich wünschte, wir hätten immer nur Ferien«, sagte sie. »Dann könnten wir am Strand wohnen.«

Ich hingegen war heilfroh, dass wir das nicht taten, sagte aber: »Wir haben eine neue Lehrerin, Mrs. Britton, und sie hat Warzen und borstige Haare im Gesicht.«

»Wir haben Mister Turnbull bekommen«, sagte Megan.

»Einen Mann!«, rief ich. Das konnte ich mir nicht vorstellen. Ich konnte mir ohnehin kaum vorstellen, dass mich jemand anderes als Mrs. O'Grady unterrichtete. Ich hatte sie an diesem Morgen vor ihrer Klasse gesehen mit ihren engelsrosa Lippen, ihrem Schlafzimmerblick und dem perlweißen Lidschatten. Wir hatten uns aufgestellt, um zur Erstkommunionunterweisung in die Kirche zu gehen, und deswegen konnte ich sie nur aus der Ferne bewundern.

Gerard hatte an diesem Tag mit der Schule begonnen. Ich musste mit ihm nach Hause gehen. Mutter wartete am Tor, und er rannte das letzte Stück und warf sich in ihre Arme.

»Wie war's?«, fragte sie, und er wusste nicht, was er antworten sollte.

»Kann ich was trinken?«, fragte er.

»Natürlich«, entgegnete Mum.

Ich lief an den Hibiskusbüschen mit den Heuschrecken vorbei und ließ mir dann das letzte Stück den Hügel hinunter Zeit. In Gedanken verloren starrte ich durch einen Frangipanibaum in das Dunkel unter einem Haus. Es war ein altes Queensland-Haus, das einzige in unserer Straße. Ich vermutete, es war das, unter dem Ab Dad an dem Tag gefunden hatte, an dem er gestorben war.

Ab hatte Mum erzählt, er hätte das für einen seltsamen Platz für ein Mittagsschläfchen gehalten: Unter der Veranda eines Hauses, das sie gerade demontierten. Dann hatte er geweint. Noch nie hatte ich einen Mann weinen sehen. Das sah ganz falsch aus, als würde es wirklich wehtun. Ich hatte Dad schon mal eine Träne vergießen sehen, aber nie wegen seiner verflixten Pumpe, wie er sein Herz nannte. Seine Tränen waren immer Freudentränen gewesen. An wunderbaren Tagen am Strand sagte er schon mal: »Gottes Reich«, und deutete auf die dunklen Brecher und den Mond, der über den Dünen aufging.

Er war ganz klar der Falsche zum Sterben. Das sei Gottes Fehler, fand Mum. Ein großer Fehler, und sie sagte das so, als würde sie dafür Gott schon noch zu einem Duell herausfordern und sich an ihm rächen. Ich wusste, dass sie beim Blick in den Himmel dachte: »Und?

Zu mehr hat es nicht gereicht?« Als hätte sie alles nicht weiter beeinträchtigt. Ich konnte mir meine Mutter im Kampfring vorstellen, wie sie Ihn reizte, ein Federgewicht, aber mit allen Wassern gewaschen, Ihn, den Allmächtigen, ohne auch nur die geringste Angst vor Ihm zu haben.

Sie hatte sich das so zurechtgelegt, dass Gott dafür bezahlen würde. Meine Mutter legte sogar nahe, ohne es laut auszusprechen, dass Ab, ein Mann mit einem nervösen Lachen bei allen Gelegenheiten, anstelle von unserem Vater an der Reihe gewesen wäre.

Ich stellte mir Dads letzte Minuten im Dunkeln unter der Veranda vor. Blaues Licht fiel auf ihn durch die Ritzen des Bodens. Er hatte gewusst, wie das Ende aussehen würde. Sein Herz würde rasen und dann stehen bleiben. Er würde nach Luft schnappen wie ein Fisch, den man auf Deck gezogen hat, er schnappte nach Luft, schlug mit der Schwanzflosse und hörte schließlich auf.

Megan brachte vorsichtig die Schaukel mit dem Fuß in Bewegung.

»Wundere dich nicht«, sagte ich zu Megan, »wenn du morgen bei uns im Hof einen Mann mit Bart siehst.«

Nur so konnte ich Megan davon erzählen und mich daran erinnern, dass der Termin, den meine Mutter mit dem Baummann ausgemacht hatte, kurz bevorstand.

»Wer ist der Mann mit Bart?«, wollte Megan wissen.

»Der Mann, der den Baum fällen soll.«

»Oh«, sagte Megan, und ich fragte mich, ob ihr das nicht vollkommen egal war.

Dann sahen wir ihn beide. Den vom Rumpf getrennten Kopf, der über uns schwebte. Dieser Kopf sah so wirklich aus, am Hals abgetrennt und auf einer Menge grauer Locken ruhend. Es schien, als sei irgendwo im Himmel ein schweres Verbrechen verübt worden und als seien wir Zeugen dieser brutalen Handlung geworden. Als sähen wir, wie der Kopf des Opfers nun zur Erde fällt.

»Mozart!«, rief ich. »Der sieht aus wie Mozart.«

»Oder Beethoven«, meinte Megan.

Wir sahen uns um. Wir konnten es kaum glauben, dass die Welt beim Anblick eines Kopfes, der zur Erde stürzt, nicht stehen bleibt. Er geriet nicht aus der Form, als er zum Horizont schwebte, nicht wie andere Wolken, die ihren Ausdruck verändern, sich teilen oder sich in Flöckchen auflösen. Diese Wolke war intakt geblieben, bis sie unter der Linie der Dächer verschwunden war, als sei sie auf ihnen gelandet wie ein Ballon, aus dem die Luft entweicht.

Dann kam Wind auf, der erste Vorbote eines Unwetters, und eine Reihe von Wolkenkaninchen rasten am Himmel im Kreis wie die mechanischen auf der Hunderennbahn.

Wir hätten an diesem Tag die Zeichen des Himmels erkennen sollen. Wir hätten wissen müssen, dass das ein Omen war. Es würde etwas passieren.

»Köpfe rollen nicht ohne Grund über den Himmel«, erinnere ich mich, gedacht zu haben.

Und die Kaninchen jagten immer weiter um das riesige Himmelsrund, wurden aber undeutlicher. Wie eine umgedrehte blaue Rührschüssel,

die mit einem Rand aus hintereinander her jagenden Häschen verziert ist.
Das Geräusch von Mr. Lus Spaten war lauter als den ganzen Sommer über, als habe er das Graben satt. Die Sonne verschwand hinter einer purpurroten Wolke, und die Welt wurde plötzlich grün.
»Bis morgen«, sagte ich zu Megan, als ich durch die Pforte im Zaun ging.
Megan hüpfte bereits den Weg zu ihrem Haus entlang.
Der Lärm der Grillen verlangsamte sich zu einem Schnurren, und die Sinfonie der Frösche begann. Jetzt in der Abenddämmerung erwachte alles zum Leben. Türen wurden geöffnet, Rasensprenger begannen zu kreisen, und auf der anderen Seite des Zauns hängte Mrs. Lucas ihre vergessene Wäsche ab.
Mit der kühleren Luft wurde überall geniest. Der stärkere Wind reizte die Nebenhöhlen der Hausfrauen der Vorstadt. Mrs. Lucas nieste mehrmals lautstark, hatschi, hatschi, hatschi, hatschi!
Dann ein Niesen von Mrs. Johnson, das klang wie ein Schrei, bei dem einem das Blut in den Adern gefror. Es dauerte minutenlang. Alle Frauen der Nachbarschaft passten ihre Atemwege der Wetterfront an.
Man hätte meinen sollen, dass wir aus all diesen Hinweisen die richtigen Schlüsse gezogen hätten.

28. Kapitel

Als Erstes hörte ich in dieser Nacht direkt hinter meinem Kopf das Klappern von Steinen gegen die Hauswand. Sie schlugen mit solcher Kraft gegen die Bretter, dass ich glaubte, Megans Bruder hätte sie mit seiner Schleuder abgefeuert. Das weckte mich, gleichzeitig wurde die Tür von einem Windstoß, der durchs Haus fuhr, zugeschlagen. Ich spürte feine Regentropfen auf meinem Gesicht. Es regnete so stark, dass der Fensterrahmen nicht dicht hielt. Von der nächsten Windbö wurden sämtliche Fenster an der Rückseite des Hauses zugeschlagen. Davon erwachten die anderen. Ich blieb lange im Bett liegen und lauschte dem Wind und dem Regen. Ich versuchte, ihre Stärke abzuschätzen. Die Trockenzeit war zu Ende, so viel war klar.

Endlich wagte ich es, aus dem Fenster in den Hinterhof zu schauen. Draußen tanzte der Baum wie ein verrücktes Skelett. Von der Gewalt des Windes wurde er fast ganz nach unten gedrückt. Die Äste rissen an Stromkabeln, so sehr, dass diese fast zu Boden gingen. Einige Versuche später rissen sie tatsächlich, und die Enden fielen in einem Funkenregen nach unten. Eine Sekunde später war es im Haus vollkommen dunkel. Die Angst schnürte mir fast die Luft ab. Ich rannte ins Zimmer meiner Mutter.

Ich hörte meine Brüder aus dem Bett springen und die Diele entlanglaufen. Eine Sekunde nach mir kamen sie beim Bett meiner Mutter an. Gerard schlief im Bett neben ihr. Mutter hatte sich bereits aufgesetzt und lauschte dem heulenden Wind. Sie hatte ihm ein Ohr zugewandt, als versuchte sie die Botschaft des melancholischen Heulens zu entschlüsseln.

»Das ist ein Wirbelsturm!« brüllte Edward, um den Lärm zu übertönen.

»Das kann nicht sein, es gab keine Warnung.«

Nicht dass einer von uns tags zuvor die Nachrichten gehört hätte. Es erklärte jedoch, warum Mr. King abends den Garten aufgeräumt, die Mülltonnen in die Waschküche gestellt und die Schaukel festgebunden hatte.

»Hast du Nachrichten gehört?«, fragte Edward.

»Das ist nur ein schlimmes Unwetter«, schrie Mum zurück, als weitere Trümmer gegen die Hauswand geschleudert wurden und wir uns zu Boden fallen ließen. Der Wind schien mit dieser einen Bö an Gewalt zugenommen zu haben. Er ließ auch nicht mehr nach und schrie wie eine gequälte Katze, deren dürrer Hals umgedreht wird.

Die Hauswände wurden nach innen gedrückt und richteten sich wieder auf. Da hörte ich das erste Krachen. Ich dachte schon, dass das Dach von der einen Ecke gerissen würde, aber der Lärm kam aus einem anderen Winkel des Hauses.

Auf dem Bauch robbten wir zu dem hohen Fenster, durch das wir immer hindurchkrochen, um auf die Veranda zu kommen. Ich spähte mit zusammengekniffenen Augen ins Schwarze, aber da war nichts. Dann

wurde uns klar, warum wir nichts sehen konnten. Die Veranda war von der Hauswand gerissen worden. Mit einer Windbö und sehr wenig Aufhebens war sie verschwunden, von den schlagenden Ästen des Baums möglicherweise unterstützt. Er führte einen Siegestanz auf.
Eine Sekunde lang wurde das Zimmer vom Blitz erhellt, und wir sahen uns entsetzt an. Ich hatte gehofft, Mum würde wissen, was zu tun sei. Dass sie uns sagen würde, wo wir hinflüchten sollten, dass sie alles besser machen und Dinge sagen würde, die mir die Angst nehmen würden. Aber in diesem kurzen Lichtblitz sah ich, dass ihre Angst ebenso groß war wie unsere. Sie saß da, als lauschte sie dem Donner, der ihr eine Nachricht von Schrecken und Zerstörung übermittelte.
Ohne den Puffer der Veranda zwischen uns und dem Baum begannen die Äste gegen die Hauswand zu schlagen. Nichts hielt sie zurück. Sie boxten und schlugen die Wände.
»Kommt!«, schrie Edward, als die nächste Welle Dachziegel und Trümmer gegen das Haus prasselte. Er wusste, dass wir auf die andere Seite des Hauses mussten, da wir hier direkt dem Wind ausgesetzt waren.
»Nein. Bleibt zusammen«, verlangte sie.
Die Äste schlugen so brutal gegen die Wände, dass sich die Schranktüren öffneten. In den Schränken hatte Mum die Müllsäcke und Kartons gestapelt. All seine Habseligkeiten, die sie hatte wegwerfen wollen, hatte sie wieder in die Schränke getürmt.
Ich spürte, wie es unter meinen Füßen vibrierte, und verlor das Gleichgewicht. Der Boden gab ein paar Zentimeter nach und schnellte dann wieder in seine Ausgangslage zurück. Ich glaubte, dass das die Wurzeln

waren, die das Fundament des Hauses umklammerten. Ich hatte das Gefühl, sie zerrten an den Sockeln. Der Boden gab erneut nach, kam aber nicht mehr hoch. Die Fenster flogen nach draußen, und wir befanden uns plötzlich im Freien.
Die Schranktüren wurden weggerissen, und die Müllsäcke platzten auf. Dads Kleider, seine Fotos, all seine Bücher und Papiere, alles, was er besessen hatte, wurde in den Himmel gewirbelt. Sein Anglerhemd füllte sich mit Luft und tanzte in die Nacht wie ein Betrunkener. Seine Badelatschen flogen auf das einzige Fenster zu, das noch nicht zerbrochen war, und brachten es auf dem Weg nach draußen zum Zerbersten. Seine Golfschläger rollten über den Fußboden und verloren sich kreisend im Nichts. Alles wurde dem Wind überlassen. Er machte sich auf den Weg und nahm seine Habseligkeiten mit. Alles wirbelte ins Nichts. Es unterlag dabei jedoch einem System. Seine neuesten Besitztümer verschwanden zuerst. Arbeitskleidung, Papiere, Taschentücher, Pyjamas, Kassettenrekorder, Kassetten, dann eine Reihe Fotos von uns, von Mum, von seinen Eltern, alles verschwand in der schwarzen Nacht. Dann die Dinge, die er als Kind besessen hatte. Alles flog in einer bestimmten Reihenfolge davon.
Das Spektakel zog uns in seinen Bann. Wir sahen zu, bis von seinen Besitztümern kaum noch welche übrig waren. Als die letzten Gegenstände in die Nacht entschwanden, blitzte es. Durch die zerbrochenen Fenster des Zimmers sah ich Gladys' Gesicht an ihrer Tür. Sie betrachtete das Chaos. Das Schild der »Wachsamen Nachbarn« rotierte an ihrem Tor wie ein Feuerwerksrad. Ich wollte gerade die anderen darauf

aufmerksam machen, als ich das Gefühl hatte, das ganze Zimmer würde zur Seite geworfen. Der Fußboden sackte unter uns weg.

Da hörte ich den Knall. Er hatte jedoch nichts mit dem Blitz zu tun. Er war so stark, dass er unsere Glieder vibrieren ließ. Er war in dem Zimmer, in dem wir standen, in Mums Zimmer. Es knallte im Haus. Das Bett kippte zusammen mit dem Fußboden. Zwischen uns und der schwarzen Luft, durch die Trümmer wirbelten, war nichts mehr.

»Raus«, schrie sie. Sie wusste, dass sie keine Zeit hatte, sich oder Gerard zu retten.

Wir wussten nicht, wohin. Wir hatten nur eine Sekunde, wir hielten auf die einzige Öffnung zu, die wir sehen konnten, als der Fußboden unter uns nachgab. Mutter war zwischen ihrem eigenen Entkommen und dem schlafenden Gerard hin- und hergerissen. Sie entschied sich für Gerard. Ihr Leben wäre ohne ihn nichts wert gewesen. Wir sprangen aus dem Zimmer, gerade als der Fußboden verschwand und sie wegrutschten.

29. Kapitel

Wir kauerten unter dem Küchentisch und hatten keine Vorstellung, wo sie waren. Ich glaubte, sie seien zusammen, Mum, Gerard, Dad, seine Besitztümer, alles an einem Ort. Ich wusste jedoch nicht, wo. Ich wusste, dass sie alle tot waren. Eine Weile saß ich da und hatte das Gefühl, gerettet zu sein, aber das hielt nicht lange an. Bald empfand ich einen merkwürdigen Sog, das Gefühl, dass es besser wäre, bei ihnen zu sein, dann fand ich es wieder besser, mit meinen Brüdern im kreischenden Wind unter dem Tisch zu sitzen. Er war jetzt im Haus und jagte auf der Diele hin und her. Jesus und sein blutendes Herz wurden von der Wand über dem Kühlschrank gerissen und wirbelten in die schwarze Leere am Ende der Diele. Bei dem Wind und dem Lärm wurde mir übel. Der Sturm ließ nicht nach. Ich wollte ihn anschreien, er solle verschwinden, weil ich das Gefühl hatte, dass er ein Zentrum besaß. Er war eine Kraft, die eine Persönlichkeit hatte und mit uns spielte.

Wir riskierten es, unter dem Tisch hervorzukriechen. Dann gingen wir zur Hintertür, um nachzusehen, ob eine Spur von ihnen zu entdecken war. Trotz der Dunkelheit sah ich die Erde, die den Baumstamm umgab, sie schien förmlich zu keuchen, als würde der Wind aus dem Innern der Erde kommen. Die Zweige des Baums waren knallende

Peitschen, ihre Enden die wütenden Schwänze von Katzen. Wir sprachen nicht miteinander, das hatte auch keinen Sinn, denn bei dem Lärm des Sturms waren unsere Stimmen ohnehin nicht zu hören. Dann einigten wir uns wortlos, die Hintertür zu öffnen. Sie flog uns mit solcher Kraft entgegen, dass Edward zurückgeschleudert wurde. Wir zogen ihn hoch, strauchelten aus dem Haus und in die Nacht, in der alles aus den Fugen geraten war. Nach unserem wortlosen Beschluss, nach ihnen zu suchen, konnten wir das Schweigen nicht mehr ertragen. Wir schrien durcheinander, weil wir wussten, dass wir sterben würden. Wir hatten keine Wahl, obwohl ich mich bereits damit abgefunden hatte, dass sie – wie seine Habseligkeiten – bis zum entlegensten Winkel der Erde geschleudert worden waren.

Der Wind war stark, und wir waren wohl nicht schwer genug, um Halt auf den Stufen zu finden. Ich wurde zurückgerissen und dann mit gewaltiger Kraft nach vorne gestoßen. Ich wusste, dass ich in die schwarze Luft emporgehoben werden würde, wenn ich das Geländer losließe. Dann blitzte es, und wir sahen das Chaos. Die Bäume der Vorstadt bogen sich wie verrückte Tänzer. Sie warfen ihre Arme in die Höhe und fingen den Wind auf, der Bretter und Backsteine mit sich führte. Die Waschküche der Kings wurde gerade Ziegel für Ziegel abgedeckt. Auf der anderen Seite des Zauns sahen wir, wie die Tür von Vonnies Waschküche wie das Türchen einer Kuckucksuhr aufflog. Eigenmächtig rollte ihr Wäschewagen heraus und auf die Leine zu.

Die Erde an den Wurzeln des Baums wogte immer noch und fiel dann zusammen wie ein geplatzter Luftballon. Es klang wie der letzte Atem-

zug eines Sterbenden. Sie klammerte sich an das Wurzelskelett. Das war grauenvoller als das Geräusch des Windes. Wir hatten das Gefühl, zwischen zwei D-Zügen zu stehen, die kein Ende nahmen.
Wir waren am Fuß der Treppe angelangt und kauerten in der Waschküche, als wir einen Teil von Mums Zimmer entdeckten, das sich hinten im Zaun verfangen hatte. Um dorthin zu gelangen, mussten wir am Baum vorbei. Es gab keinen logischen Grund, den Resten des Zimmers einen Besuch abzustatten, aber wir hatten keine Wahl, wir wurden förmlich darauf zugetrieben. Um den Baum machten wir einen weiten Bogen. Er schlug mit seinen Zweigen wie der Klassenrüpel, der versucht, einen mit seinem nassen Handtuch zu erwischen. Dann bewegten wir uns auf den Kadaver des Zimmers zu. Man sah, dass es sich um einen Teil des Hauses handelte, aber jetzt war es das Zimmer aus einem Traum, der Wirklichkeit geworden war. Wir waren auf ein Wunder gestoßen, auf eine Vision, dachten wir, als wir durch die Tür spähten, die auf der Seite lag wie ein Fenster. Im Innern lag das Bett quer, geschützt von einem Stück Wand. Sein Ende war im Zaun verkeilt. Im Bett lagen Mum und Gerard, nebeneinander und von den Laken gehalten. Wie zwei Mumien waren sie im Bett festgebunden. Mum blickte auf uns herab und war gar nicht überrascht, uns zu sehen. Mit ihrer ungerührtesten Stimme, sachlich wie eine Krankenschwester, die den Puls misst, sagte sie:
»Und deswegen solltet auch ihr die Laken immer ordentlich feststecken.«
Wir befreiten sie aus der Umklammerung der Decken und Laken und

zogen sie hervor. Die Wände um uns herum begannen zu vibrieren und zu schlagen. Das Zimmer war kurz davor, erneut abzuheben. Die nächste Sturmbö, und es würde hochgehoben und über die Vorstadt hinweggetragen werden.

Wir tauchten in den Regen ab, der uns jetzt waagerecht ins Gesicht schlug. Die Tropfen waren feine Nadelstiche. Wir begannen unseren Versuch, durch den Garten zurückzukriechen. Die meisten Trümmer flogen in Kopfhöhe. Sie wurden von den Häusern gerissen, in die Luft geworfen und stürzten dann einem Wasserfall gleich zu Boden. Ein Stück Wellblech flog uns wie ein fliegender Teppich rotierend entgegen. Edward sah es als Erster. Es kam direkt auf Mum und Gerard zu. Er rannte auf sie zu und stieß sie zu Boden. Dann flog es wieder in die Luft, als wäre es auf einer Achterbahn.

Der Schock, fast geköpft worden zu sein, brachte meine Mutter zur Besinnung. Ich konnte das in ihren Augen lesen, als sie Gerard in die Arme nahm, sich aufrappelte und zum Haus rannte. James und ich erreichten die Hintertreppe als Erste, in der Sekunde, die wir den anderen voraus waren, sah ich zu dem fehlenden Stück des Hauses hoch. Wo einmal Mums Zimmer gewesen war, ragten jetzt Balken in die Luft wie Stelzen einer fortgespülten Landungsbrücke. Der Baum peitschte die Lücke. Die Unmengen von Laub, die das Zimmer früher zurückgehalten hatte, konnten sich jetzt frei entfalten und um sich schlagen.

Dann kam uns eine Wand aus Wasser entgegen. Sie muss von oben vom Hügel und quer über die Straße gekommen sein. Sie riss Mum die

Füße weg und schwemmte sie und Gerard davon. Edward schrie uns an, auf den Stufen zu bleiben, während die Flutwelle immer höher stieg. Der Garten war ein See, und sie waren fort.

Edward folgte ihnen und versuchte, sie in der Dunkelheit zu finden. Er schrie und prügelte auf das Wasser ein. Hilflos sahen wir ihm zu. Weiterhin quoll die Flutwelle unter dem Haus hervor. Sie wurde immer höher und hatte fast schon den Hof der Kings erreicht. Edwards Rufen wurde wütend, er klang wie ein verwundetes Tier. Er drosch auf das Wasser ein und versuchte zu rennen, obwohl er gürteltief im Wasser stand.

Ich wusste, dass wir drei es schaffen würden, aber Mum und Gerard schwebten in Gefahr. Sie waren zerbrechlich, und der Sturm war wütend. Ich wusste, er hatte es auf jemanden abgesehen. Einige Sekunden mussten vergangen sein, die mir jedoch wie eine Ewigkeit vorgekommen waren, da tauchte Mum aus den Wassermassen auf. Sie spuckte und schrie. Bis zum hinteren Zaun war sie weggerissen worden. Von Gerard keine Spur. Sie rief:

»Wo ist er?«

Nichts, nur das Heulen des Windes.

Sie sah den Baum an und kreischte. Das Blut gerann uns in den Adern, und sie übertönte den Wind: »Gib ihn zurück!«

Da blickten wir alle nach oben und sahen, dass Gerard, den Arm immer noch in einer Schlinge, in die Äste des Baums geschleudert worden war und sich dort wie ein Buschbaby festklammerte. Die Äste schwangen hin und her, so dass er beinahe ins Wasser fiel.

Edward zögerte, ehe er an der brodelnden Pfütze vorbeikletterte, in der der Baum stand. Fontänen spritzten auf, und die Höhle unter den Wurzeln füllte sich mit immer mehr Wasser. Mum versuchte, zurück zum Haus zu kommen, hatte aber keine Kraft mehr, nirgendwo konnte sie sich festhalten, und im Schwimmen war sie schon immer eine Niete. James lief ins Haus und riss die Laken von seinem Bett. Wir versuchten, sie zusammenzubinden und sie zu ihr nach draußen zu werfen, wären aber vermutlich nicht stark genug gewesen, sie ins Haus zu ziehen.

Die Erleichterung meiner Mutter, aus ihrem Bett gerettet worden zu sein und anschließend ein fliegendes Blech überlebt zu haben, das sie beinahe geköpft hätte, verwandelte sich in ohnmächtige Wut. Sie schrie dem Sturm zu, dass er sie nicht bekommen würde. Sie forderte ihn regelrecht heraus, sie zu holen oder einen von uns.

Es blitzte und donnerte inzwischen gewaltig. Angesichts des Windes hatte man beides bisher kaum wahrgenommen, jetzt aber war das Gewitter ebenso stark. Ich versuchte, die Sekunden zwischen Blitz und Donner zu zählen. Es waren nur wenige.

Der Baum bewegte sich ebenfalls, er schlug nicht nur mit seinen Ästen nach Edward und Gerard, die zu fliehen versuchten, der ganze Stamm verschob sich. Der Wind hatte die Erde um den Stamm herum gelockert, und Wasser füllte das sich bildende Loch. Der Wind hob den Baum höher in den Himmel.

Edward schwamm von ihm weg. Ich dachte schon, die fühlerartigen Wurzeln würden beide nach unten ziehen. Gerard spuckte, als er für einen Augenblick an die Oberfläche kam. Edward zog ihn wieder nach unten. Er versuchte mit aller Kraft weiterzukommen. Das Ganze erinnerte an eine biblische Geschichte, die in einen Hinterhof der Vorstadt verlegt war. Wie die Frau, die sich in eine Salzsäule verwandelt hatte, oder der Turm von Babel, der eingestürzt war, oder das sich teilende Rote Meer. Das Bild hatte dieselbe Kraft. Endlich hatte Edward Mum erreicht und zog sie auf die Stufen zu. Sie tobte noch immer.

Dad sagte, er müsse sie jetzt verlassen. Er sagte, es sei jetzt Zeit für ihn, weiterzuziehen.

Ich hörte das. Ich weiß nicht, wie. Ich hörte das in meinem Kopf.

Sie antwortete ihm. Sie wolle ihn nie mehr wiedersehen. Er sei eine Bedrohung, er hindere sie am Leben. Ich hörte das ebenfalls, obwohl sie nur »Geh!« sagte.

Mit ihrem letzten Schrei kam die Explosion. Das Geräusch war nicht vertraut, es war mechanisch, erfüllt vom Krachen berstenden Holzes und reißender Wurzeln. Der Baum, aus der Erde gerissen, stürzte um. Er fiel majestätisch auf das fehlende Zimmer zu und krachte schließlich in die herausragenden Balken, die Äste wie zwei lange Arme ausgebreitet. Der riesige Wurzelballen wurde herausgehebelt. Die Wurzeln erinnerten an das Schlangenhaar der Medusa.

Das Wasser kam immer noch reißend den Hügel herunter. Die nächste Welle führte Dads Werkzeugkasten mit sich. Er trieb auf einem Wellenkamm den Garten entlang, und dahinter folgten seine Hobelbank, die Hebevorrichtungen zum Häusertransport, sein alter Hut und seine Arbeitshandschuhe. Alles wurde auf einer großen Welle über den hinteren Zaun hinweggehoben. Das Bett machte sich vom Zaun los und verschwand ebenfalls. Alles trieb den Hügel hinunter und auf den Bach zu. Ich stellte mir vor, wie es weitertrieb, während der Regen vom Himmel strömte. Den Hügel hinunter zum Bach und von dort zum Fluss. Die ganze Nacht träumte ich von dem Weg, den die Dinge nehmen würden, während wir unter dem Esstisch schliefen. Ich sah, wie sich die Werkzeuge mit Dads Kleidern, seinen Fotos, seinen Papieren und seinem Gärtnerkittel vereinigten. Alles sammelte sich in der Flussmündung und ergoss sich in die Bay. Hier wurde es in verschiedene Richtungen getrieben und verschwand für immer. Alle Habseligkeiten, die ein Leben ausmachten, ein Hut, ein Hemd, einige Fotos, Holzstücke und Werkzeuge. Mit ihnen verschwand Dad.

30. Kapitel

Gerard erinnert sich an sehr wenig von dem, was geschah. Am stärksten sind uns Wind und Wasser im Gedächtnis haften geblieben. Das Wasser, das Dad schließlich forttrug und seine Habseligkeiten sammelte, die der Wind zerstreut hatte. Seine Habe, die den Bach und den Fluss hinabtrieb, das Bett, die Werkzeuge und Kleider, die eine letzte Reise durch die Stadt machten, in der er sein ganzes Leben gelebt hatte, und in seiner geliebten Bay die letzte Ruhe fanden. Gerard erinnert sich nicht daran, dass er auf einem Bett durch die Luft geflogen ist oder dass wir ihn in den Ruinen des Zimmers im Hof gefunden haben. Er erinnert sich auch nicht daran, dass er in den Baum geschleudert wurde oder dass er fast ertrunken ist, als ihn Edward zum Haus zurückschleifte. Seine Erinnerungen wie auch unsere beziehen sich allein auf den Wind und den Fluss.

Mum war damals siebenunddreißig, und ich glaube, dass es ihr Gespür für das Drama des Lebens war, das sie rettete. Hätte sie sich abgekapselt, hätte sie nicht überlebt, sie wäre mit ihm gegangen. Aber zu guter Letzt war sie nur bereit gewesen, bis zu einem gewissen Punkt mitzugehen. Sie hatte nichts dagegen, sich auf eine übernatürliche Beziehung einzulassen, aber mit einem Fuß blieb sie immer am Boden, in der Wirklichkeit.

Für sie erfuhr sein Tod einen gewissen Aufschub, sie konnte seinen Abschied in die Länge ziehen, aber das Unwetter, das fast auf den Tag genau ein Jahr nach seinem Tod über uns hereinbrach, zwang Mum dazu, sich zu entscheiden.
Ihr blieb schließlich nichts anderes mehr übrig, als zwischen Leben und Tod zu wählen, zwischen ihm und dem Abflussmann. Ich bilde mir ein, dass er ihr sogar angeboten hat, Gerard ebenfalls mitzubringen. Er hat sie dreimal gefragt. Als sie auf einem Bett, das aus ihrem Schlafzimmer gerissen worden war, über den Garten gesegelt war, als das Stück Wellblech auf sie zugeflogen war und als die Flutwelle sie weggespült hatte.
Jedes Mal war ihr Überlebenswille auf die Probe gestellt worden, ihr Wille, um ihr Leben und ihre Familie zu kämpfen. Vielleicht hatte er schon vorher ihre Unentschlossenheit gespürt, ein Nachlassen ihres Überlebenswillens, eine Schwäche für die Vergangenheit, für das, was gewesen war. Aber jedes Mal hatte sie ihm versichert, dass sie ihn nicht begleiten würde. Er konnte sie nicht mitnehmen, und der Kampf stärkte ihren Willen zum Überleben. Als sie die oberste Treppenstufe erreichte, hatte sie drei Leben verloren, aber sie hatte gesiegt. Sie hatte ihre Entscheidung getroffen.
»Geh«, hatte sie geschrien. »Ich bleibe hier.« Und sie knallte die Tür vor seiner Nase zu.
Falls mich je einer fragt, was Liebe ist, dann könnte ich versuchen, ihm Folgendes zu erklären: Dass man erwägt, den eigenen wertvollen Platz im Leben für jemand anderen aufzugeben, für die Liebe. Aber ich er-

zähle das nie jemandem, weil alle nur lachen, mich für verrückt halten oder glauben würden, ich erfände das alles nur.

Lange Zeit hörte ich nichts von Dad, oder vielleicht wusste ich auch nur, dass wir weiterleben mussten. Mum und ich hatten uns irgendwo in einem Zwischenreich befunden. Ich verbannte ihn anschließend aus meinen Gedanken, hörte vollkommen auf, an ihn zu denken. Ich nahm an, dass jetzt, wo er wirklich tot und fort war, meine Beziehung zu meinem Vater ein Ende hatte. Zehn Jahre lang hatte ich einen Vater gehabt, jetzt hatte ich keinen mehr, gewissermaßen konnte ich froh sein, dass ich jetzt ein Elternteil weniger besaß, über das ich mir Sorgen machen musste. Ich schloss ihn aus, begrub ihn wieder in der roten Erde mit den Ameisen und vergaß ihn weitgehend. Ich fühlte mich schuldig, weil ich so tat, als sei er nicht so wichtig, aber manchmal missfiel mir, dass ich nicht wusste, wo er war. Er war immer im Baum gewesen, und als der Baum verschwand, ging ich davon aus, dass ich von meinem Vater nichts mehr hören würde.

Manchmal drang die Erinnerung an ihn an die Oberfläche, und ich bekam einen Schrecken. Er erschien mir als Gerippe oder als kranker Mann, zu schwach, um zu leben, einer, der uns verlassen hatte. Ich würde sogar so weit gehen, zu sagen, dass ich ihn hasste. Ich war so wütend darüber, dass er gestorben war, und die einzige Art, wie ich damit umgehen konnte, war zu beschließen, dass er wirklich fort war. Trotzdem kehrte ich an gewissen Tagen an den dunkelsten Punkt zurück, an dem ich nach seinem Tod gewesen war. Damals wusste ich nicht – wie sollte ich auch, schließlich war ich erst zehn –, dass man seine Eltern das ganze Leben lang hat, auch wenn man ihnen nie begegnet ist. Ob sie jetzt tot sind oder am Leben, man trägt sie unwiderruflich in sich. Es ist ein Fluch, den Tod in so jungen Jahren kennen lernen zu müssen, aber ihn zu fürchten, macht das Leben wahrhaftig unmöglich.

31. Kapitel

Am Morgen nach dem Sturm wachte ich eingequetscht wie eine Ölsardine unter dem Küchentisch auf. James hatte seine Zehen in meinem Gesicht, dahinter lag der Rücken meiner Mutter, dann kam Gerard. Wir krochen hervor und hatten nur den einen Wunsch, zu sehen, wie sich die Welt durch das Unwetter verändert hatte. Wir rannten zur Hintertür. Als Erstes fiel uns die schreckliche Leere auf, die der Baum hinterlassen hatte. Wie ein Betrunkener lag er quer im Garten. Sämtliche Zäune hatte er niedergerissen, und es gab keine Grenzen mehr, die uns gehalten hätten. Ich wusste, dass uns das frei machte. Der Wind war noch immer stark, man konnte sich gegen ihn lehnen. Wasser schoss in einem braunen Strom unter dem Haus hervor. Es kam über die Straße von den Lombardellis, floss dann reißend unseren Hügel hinunter und über den Hof der Kings und vereinigte sich schließlich mit den anderen Wassermassen, die den Bach hatten anschwellen lassen.

Alle Häuser der Nachbarschaft lagen in einem Schachbrettmuster vor uns, bloßgelegt und schutzlos. Es war mir bisher nie aufgefallen, wie quadratisch die Blocks waren. Quadratische Häuser mit quadratischen Rasenflächen, von denen jetzt Stücke fehlten. Wände waren verschwunden, Dächer abgedeckt, Zäune niedergerissen und Autos und

Wohnwagen umgeweht. Da fiel mir auf, warum die Landschaft so offen war und oben auf dem Hügel die flüsternden Bäume beim Kloster vollkommen anders aussahen. Die Bäume der Vorstadt waren kahl, sie hatten sämtliche Blätter verloren. Ich folgte der Schneise der Zerstörung mit den Augen vom Horizont bis zu unserem Hinterhof und hielt einen Augenblick beim Haus der Kings inne. Mr. King war bereits damit beschäftigt, über das riesige Loch im Dach der Waschküche eine Plane zu spannen. Dann sah ich unsere Schaukel. Sie war vollkommen verbogen. Das Seil, mit dem sie festgebunden gewesen war, war gerissen, und die Sitzbank war in der Aufhängung hin und her geschlagen. Ich musste durch die Äste des Baums klettern, der quer über unseren gesamten Hof lag, um zur Schaukel zu kommen.

Megan stand bereits auf der Bank.

»Dad sagt, dass er das reparieren kann«, meinte sie.

»Und tut er das auch?«, fragte ich. Ein Leben ohne die Schaukel konnte ich mir nicht vorstellen.

»Er glaubt, dass er noch dazu kommt.« Etwas hinter mir lenkte sie ab.

»Au Mann«, sagte sie, als sie den Baum sah, der in das fehlende Schlafzimmer meiner Mutter ragte.

»Mum war da drin mit Gerard«, sagte ich, »als es weggerissen wurde.«

Megan ließ den Mund offen stehen. Dann schnappte sie nach Luft.

»Sind sie, du weißt schon …«

»Nee«, erwiderte ich.

Ihr Staunen hielt jedoch nicht lange an. »Hast du von Mr. Lucas gehört?«, fragte sie. »Er saß auf dem Klo, als das Dach weggeflogen ist.«

Jetzt blieb mir der Mund offen stehen.
Das war eine der ersten Unwettergeschichten, die in der Nachbarschaft mit einer ähnlichen Geschwindigkeit wie der Wirbelsturm die Runde machten.
Alle hatten mit ihren eigenen Katastrophen zu tun. Gladys wanderte ratlos vor ihrer Haustür hin und her.
»Mein Großvater ist vom Blitz getroffen worden«, sagte sie und streifte durch die Trümmer in ihrem Garten. »Dann hatte er den Rest seines Lebens dauernd Durst.« Sie versuchte, sich auf die Trümmer einen Reim zu machen, die in ihrem vorderen Zaun hängen geblieben waren.
»Das ist das Dach des Klos von den Lucas!«, rief meine Mutter.
»Was das für einen Ärger gab«, fuhr Gladys entgeistert fort. Wir dachten natürlich, sie spräche über das Unwetter. »Ständig mussten wir zu ihm hoch und ihm ein Glas Wasser bringen.« Die anderen waren weitergegangen, aber Gladys war immer noch bei ihrem Großvater. »Er hatte wirklich einen fürchterlichen Durst. Was für ein Durcheinander. Was für ein Durcheinander.« Jetzt schüttelte sie den Kopf und deutete auf ihr Gartentor, an dem das Schild fehlte.
»Jemand hat es gestohlen.« Sie drohte der empörenden Welt mit dem Finger. »Ich habe das Schild eigenhändig mit Draht am Tor befestigt.«
Die Tatsache, dass das Tor von seinen Scharnieren gerissen worden war und platt auf dem Weg lag, schien ihr keinen Fingerzeig zu geben, was das mögliche Schicksal des Schilds betraf. Wie immer machte sie Verbrechen und Gewalt verantwortlich. Ich traute mich nicht, ihr zu

sagen, dass ich das Schild gesehen hatte, wie es vom Tor gerissen worden war und Richtung Weltall davongeflogen war.

Durch die Äste des umgestürzten Baums bahnten wir uns einen Weg zu unserem Haus. Vonnie stand am Ende ihres Gartens und richtete den umgestürzten Wäschewagen auf.

»Ich brauch sowieso einen neuen«, sagte sie in derselben trockenen Art wie meine Mutter in der Nacht, als wir sie in ihrem Bett im Hinterhof gefunden hatten. Die Schicksalsergebenheit der Hausfrauen gemischt mit der Lebensweisheit der Philosophen. Nicht geknickt, eine Art Zen-Weisheit, ein Anerkennen der Tatsache, dass die Dinge, die geschehen, einen Grund haben.

Dann nickte Gladys in Richtung des Lu-Gartens. Sie schaute seltsam ehrfurchtsvoll, als sei sie im Stall von Bethlehem und hätte gerade der Geburt des Jesuskinds beigewohnt.

»Habt ihr das gesehen?«, fragte sie.

»Nein«, erwiderten wir und reckten unsere Hälse über den Zaun, um zu sehen, wovon sie sprach. Da sahen wir den Grund ihrer Ehrfurcht. Der Garten der Lus hatte sich in ein Reisfeld verwandelt. Die Gräben, die Mr. Lu den ganzen Sommer ausgehoben hatte, waren mit Wasser gefüllt, und deswegen war das niedriger liegende Haus der Lus auch nicht überflutet worden. Wir krochen durch das Loch im Zaun der Johnsons, um uns einen besseren Überblick zu verschaffen. Der Buddha saß gelassen auf seinem Altar und blickte über die unbewegliche Wasserfläche. Eine andere biblische Geschichte kam mir in den Sinn, als ich einen Schwarm Fische entdeckte, der über das Reisfeld flitzte. War das die Geschichte von den Frauen mit den Lampen und dem Öl? Ich war mir nicht sicher. Irgendwie kam mir das Ganze eben biblisch vor.

Mr. Lu trat mit einer Angel ins Freie.

»Hallo. Hallo!«, rief er aufgeregt.

Wir sahen, wie er dem Buddha die Angel reichte.

32. Kapitel

Der Himmel wurde immer noch von den Ausläufern der tropischen Unwetterfront verfärbt, als der Abflussmann eintraf. Sein roter Lieferwagen mit dem Gitter um die Ladefläche kam vor unserem Haus zum Stehen. Vom Auto aus betrachtete er die Verheerung und bemerkte das fehlende Zimmer, den umgestürzten Baum und mit einiger Erleichterung die Stimmung meiner Mutter, die über die Straße auf ihn zukam. Ihre Begrüßung war überschwänglich. Das war es also, dachten meine Brüder und ich, das ist unsere Zukunft. Unsere Mutter wird sich mit dem Abflussmann verlustieren. Es war nicht besser und es war auch nicht schlechter, das lag außerhalb unserer Kontrolle, nur das dachte ich, daran erinnere ich mich.

Wir brauchten den ganzen Tag, um den Baum wegzuräumen. Je später es wurde und je mehr Äste verschwanden, desto mehr Platz bekamen wir. Die Aussicht war atemberaubend. Bis zum Horizont hatten die Bäume an den Straßen, die Jakarandas und Frangipanis, keine Blätter mehr. Und in einem Eukalyptus zwei Häuserblocks entfernt hockte ein Schwarm Loris und kreischte. Ohne das grüne Blätterdach fühlten wir uns befangen. Lange würden wir brauchen, um uns an die Weite, die der Baum hinterlassen hatte, zu gewöhnen. Die Aussicht war das eine, wir konnten jetzt sogar die Sonne untergehen sehen, aber die

Lücke, die der Baum gerissen hatte – symbolisch und auch sonst –, war für uns in vielerlei Hinsicht spürbar. Wir fühlten uns wie auf dem Präsentierteller, alle beobachteten uns, um zu sehen, was wir als Nächstes tun würden.

Anfänglich schien die Verheerung unseres Hauses uns zu überfordern. Die Gewissheit, egal was passiert, selbst wenn der Vater starb, in seinen eigenen vier Wänden sicher zu sein, war verschwunden. Das bedeutete zusätzlichen Schmerz und einen weiteren Tod.

In unser Leben war die Leere eingezogen, gegen die wir uns ein Jahr lang zur Wehr gesetzt hatten. Auch bei Edward und James, die nie wirklich daran geglaubt hatten, dass Dad im Baum war. Doch mit unserem Glauben hatten wir ihn auch für sie am Leben gehalten.

Gerard und ich begleiteten Mum und den Abflussmann auf die letzte Fahrt zur Kippe. Sie war mager, Mum, ich erinnere mich, dass ich das dachte, als ich neben sie auf die Bank vorne im Lieferwagen des Abflussmanns kletterte. Ich kam mir größer vor als sie, sie wirkte so zerbrechlich. Ich wollte sie wie eine meiner alten Puppen hochheben und in eine Decke wickeln. Wir fuhren durch Straßen, die ein Bild der Zerstörung boten.

Das ganze Ausmaß der Katastrophe wurde uns am Fluss bewusst. Das Wasser hatte ganze Häuser weggeschwemmt. Der Anblick war bizarr, ein Wohnwagen, der halb in einem Baum hing, tote Tiere, die dahintrieben. Die Straßen waren Flüsse, und Leute waren in Ruderbooten auf ihnen unterwegs wie auf den Kanälen von Venedig.

Dann sahen wir unseren bärtigen Baummann, der einen umgestürzten

Jakaranda zersägte. Wir winkten ihm zu, aber er war ganz damit beschäftigt, die Lücke im Stamm so auszuweiten, dass ein Auto hindurchpasste. Jetzt kam er mir nicht mehr vor wie der Sensenmann mit Motorsäge statt Sense. Jetzt war er ein Samariter, der den unglücklichen Opfern half. Ich fragte mich, ob er sich überhaupt noch daran erinnerte, dass er einen Termin bei uns hatte. Vielleicht würde er ja später noch vorbeikommen und sehen, dass seine Arbeit bereits erledigt war?

»Wann kommt das nächste Unwetter?«, fragte Gerard aufgeregt. Ihm fiel das Entsetzen in den Gesichtern der Leute und der Geruch von Tod in der Luft nicht weiter auf.

Wir rumpelten den Hügel hinunter zur Kippe. Der Mann in dem Wellblechschuppen gab uns ein Zeichen, weiterzufahren. Dann zeigte er uns, wo neben einer Menge Schrott der Rest des Baums sterbend in der feuchten Hitze lag. Wir sprangen aus dem Wagen, und der Abflussmann setzte den Lieferwagen zurück und kippte die Ladefläche. Das Holz polterte herunter und landete auf dem Haufen dessen, was sonst noch von dem Baum übrig war.

Der Abflussmann sprang von seinem Wagen und stellte sich neben den Mann von der Kippe. Sie standen ein paar Schritte von uns entfernt, und der Mann von der Kippe scharrte mit seinen schweren Stiefeln in der orangenen Erde und beobachtete meine Mutter. Mum stand neben dem Baum und rauchte eine Zigarette. Sie sagte dem Riesen Lebewohl, der mein ganzes Leben bei uns gewesen war. Er würde nicht mehr unser stummer Zeuge sein und über uns wachen.

Die Bedeutung dieses Augenblicks entging Gerard und mir. Wir spielten auf dem aufgetürmten Holz Fangen. Wir rutschten aus, als der Stapel unter uns in Bewegung geriet. Mum war so in Gedanken versunken, dass sie uns nicht einmal anschrie. Sie warf die Zigarette in den Staub und trat sie mit dem Absatz aus.

33. Kapitel

Ich war erleichtert, dass er weg war und mich nicht mehr belästigte, dass er nicht mehr vor meinem Fenster wartete und mich mitten in der Nacht zu sich rief. Ich sammelte Schmetterlinge und spielte mit Megan. Die meiste Zeit war ich glücklich. Doch immer dann, wenn ich einen neuen Lebensabschnitt begann, geschah etwas, überfiel mich eine Welle unerwarteter Gefühle, die rasch überhand nahmen und sich manchmal nur mit Mühe wieder eindämmen ließen.

So geriet ich bei meiner Erstkommunion vollkommen aus der Fassung, als ich sah, wie Katherine Padleys Vater ein Foto von ihr machte, als sei sie das schönste und klügste Mädchen der Klasse. Ich war neidisch und heulte so sehr, dass ich rot und hässlich wurde und sogar meine Mutter verlegen wurde, obwohl es ihr sonst gleichgültig war, wenn ich eine Szene machte. Sie musste mich aus der Kirche schleifen. Ich heulte laut und verzweifelt. Gleichzeitig hatte ich keine Ahnung, wo der Lärm herkam. Ich stand mit meiner Mutter auf der Toilette, und die Tränen liefen mir die Wangen herunter. Sie versuchte alles, mich zu trösten, aber die Tränen kamen aus dem Abgrund, wie eine Flutwelle rasten sie von ganz unten an die Oberfläche und traten in ihrer eigenen Form zutage. Sie trocknete mir das Gesicht, das rot verquollen und tief traurig war. Sie war die Ausbrüche anderer nicht gewohnt, nur ihre eigenen. Sie wusste nicht, was sie tun sollte. Sie versuchte es mit Freundlichkeit, Vernunft, Liebe, Verständnis und Überredungskunst. Als sie mit ihrem Latein am Ende war, als nichts funktioniert hatte, wurde sie wütend.

»Hör auf«, schrie sie auf der Toilette der Schulaula so laut, dass es die gesamte Gemeinde hören musste. »Hör schon auf, Simone.« Sie versuchte, streng zu sein. Da entfuhr mir unerwartet ein weiterer Schluchzer. Er tat weh, die Tränen kamen von so weit unten.

»Du musst dich jetzt zusammenreißen und da wieder reingehen. Kinn hoch!«

Sie hatte nicht die Fähigkeit, mit dem Schmerz eines anderen umzugehen. Ihre eigenen Ausbrüche waren am wichtigsten, auch dann, wenn gerade jemand anderes einen Ausbruch nötig hatte.

Als ich in die Kirche zurückkam, zitterte ich nur noch gelegentlich von innen heraus. Sie sah mich streng an, als könne das dem unfreiwilligen Zittern ein Ende machen, aber ich hatte keine Kontrolle darüber. Sie schob mich in Richtung Altar, und ich nahm wieder neben Katherine Padley Platz. Diese packte meinen Arm, wie sie das auch schon an dem Tag getan hatte, als ich zu lange im Beichtstuhl gekniet hatte. Ich seufzte, weil ich wusste, dass ich allen Leid tat. Das war mir zuwider. Ich konnte ihre Gedanken lesen: Armes Mädchen, kein Vater.

An den Gottesdienst, die ganze Erstkommunion, habe ich keinerlei Erinnerung. Ich habe im Gedächtnis behalten, dass ich von allen alten Tanten und Onkel Jack Umschläge mit Geld bekam. Und dass wundersamerweise das Kommunionkleid, das Gladys mir genäht hatte, beim Unwetter von den Scherben eines herabfallenden Fensters zerfetzt worden war. Dieser Stoff sei einfach nicht dafür gemacht, einen Mann oder Gott zu heiraten, hatte Gladys gemeint.

Ich erinnere mich, dass ich in einem Spiegel auf die großen Tränen in meinem Gesicht starrte, und dass meine Mutter versuchte, sie zurückzuhalten und mich wieder auf die Beine zu bringen. Dann suchte sich meine Mutter ein Kirchenlied, das auch bei Dads Begräbnis gesungen worden war, um ein paar Tränen zu vergießen. Als sei nach meinem Zusammenbruch ein Wettstreit ausgebrochen, wer das größte Theater veranstalten würde. Jetzt war sie damit an der Reihe, aus der Kirche geführt zu werden.

Als der Fotograf eintraf, hatten wir uns beide wieder gefangen. Er war kein Vater. Er wurde dafür bezahlt, Bilder zu machen, und behandelte alle gleich. Ich hatte inzwischen das Gefühl, blendend auszusehen, gekleidet wie eines der Engelchen Gottes. Aber die Fotografie legt bis heute Zeugnis vom Gegenteil ab, auf ihr sehe ich aus, als würde ich nur halb dazugehören. Meine Mutter rauchte hinter der Sakristei eine Zigarette. Sie hatte jetzt schon einige Stunden ohne eine zurechtkommen müssen, und das Trauma, sich mit meinen hervorbrechenden Gefühlen konfrontiert zu sehen und dann mit ihren eigenen, war einfach zu viel gewesen. Meinen drei Brüdern, wie das mit Brüdern halt so ist, war das alles vollkommen gleichgültig.

Dann wurde alles wieder so, wie es jahrelang bleiben würde. Ich hatte keine Vorstellung, wann oder warum die Gefühle aus mir hervorbrechen würden. Das lag daran, dass in mir alles wie erstarrt war. Wie im Gasnebel in einem Glasgefäß aus dem Chemiekasten meiner Brüder.

34. Kapitel

Man hätte meinen können, und das taten wir auch alle, dass jetzt, nachdem der dritte Punkt des Dreiecks ausradiert worden war, meine Mutter sich mit dem Abflussmann hätte zusammentun können, ohne Angst oder Schuldgefühle haben zu müssen. Niemand hätte ihr einen Vorwurf gemacht, sie war siebenunddreißig, immer noch schlank, ungestüm und attraktiv. Aber als Dad verschwand, erlosch auch ihr Verlangen, mit dem Abflussmann zusammen zu sein. Sie waren alle Teil desselben Gebildes. Er gehörte in dieselbe Gleichung wie Dad, und nach Dads Verschwinden ging die Rechnung nicht mehr auf.

Auf eine seltsame Art hatte meine Mutter sie beide benutzt. Ihr Verhältnis mit dem Abflussmann hatte es ihr erlaubt, einen Teil ihrer selbst im Land der Lebenden zu lassen. Er war das Gegenteil, das Gegengewicht, und das machte seine Anziehungskraft aus. Er hatte alles, was mein Vater nicht hatte. Aber als Dad verschwand, hatte der Abflussmann keinen Gegenpol mehr. Er war einfach ein Mann, ein Sterblicher. Was vorher als übermenschliche Kraft erschienen war, wurde auf einmal sehr alltäglich. Er war am Leben, und verglichen mit dem Tod war das nicht sonderlich interessant.

Ich bezweifle, dass sich meine Mutter dessen bewusst war; wir waren das ganz sicher nicht. Erst Jahre später durchschaute ich das alles. Sie sprach nie darüber, wie sie sich trennten, aber ich erinnere mich an den Abend. Es war einige Wochen nach dem Unwetter, und wir gingen davon aus, sie wolle nur eine angemessene Zeit zwischen Dad und einem dauerhaften Verhältnis mit dem Abflussmann verstreichen lassen. Das Telefon klingelte, und er war dran. Das sah ich daran, wie sie ihre Schuhe abschüttelte, während sie mit ihm sprach, und wie ein Teenager den Apparat mit in ihr Zimmer nahm. Mit untergeschlagenen Beinen saß sie auf ihrem Bett und spielte mit dem Telefonkabel.

Wir vier sahen fern. Es war Freitagabend, einer der letzten, den Edward mit uns verbrachte. Er hatte sich gerade zum ersten Mal rasiert, nicht dass er dafür sonderlich viel Veranlassung gehabt hätte, aber er wollte endlich mit der nächsten Phase seines Lebens beginnen, in der es Aftershave und Mädchen geben würde. Die Antwort auf das vergangene Jahr war für ihn, vorauszublicken und nicht zurück. Ich wünsche mir, ich hätte das auch tun können.

Wir ließen alle resigniert die Köpfe hängen, denn wir wussten, was der Anruf zu bedeuten hatte. Mum würde sich mit dem Abflussmann zusammentun, und unser bisheriges Leben würde ein Ende haben. Sofort begannen wir um Cola und Chips zu streiten. Sie legte auf und sagte, sie gehe aus, und begab sich direkt ins Badezimmer. Durch die Tür schimpfte sie mit Edward, weil er so ein Durcheinander hinterlassen und ihren Rasierapparat benutzt hatte. Wenig später kam der Abflussmann. Er saß neben mir auf dem Sofa, während Mum ihren roten

Lippenstift auftrug. Ich war so erschöpft, dass ich mich nicht rühren konnte.

»Was gibt's?«, fragte er, alles andere als nervös. Ich fand, dass wir durchaus etwas Angst oder Sorge von ihm hätten erwarten können, jetzt wo er in die Schuhe meines Vaters steigen wollte, aber nichts dergleichen. Ich dachte, Unverschämtheit, meinst du, du kannst hier einfach reinstiefeln und uns unsere Mutter wegnehmen? Ich sagte aber nichts, und er sagte auch nichts weiter. Dann geschah fünfzehn Minuten lang nichts. Schweigend sahen wir fern. Als die Sendung zu Ende war und sie immer noch nicht wieder zum Vorschein kam, ging er nachsehen. Damit ging er zu weit. Wie konnte er sich das Recht herausnehmen, in unser Badezimmer zu gehen, um nachzusehen, ob mit unserer Mutter alles in Ordnung war? Natürlich war nichts in Ordnung. Sie saß auf dem Boden und klammerte sich an ihren Lippenstift. Sie konnte nicht. Schließlich gingen sie nirgendwohin. Sie saßen stattdessen auf dem Boden ihres Zimmers und tranken Bier.

Ihr Zimmer glich einer Baustelle. Es gab keine Veranda und keine Fenster, dafür aber vier Wände, eine Decke und eine Matratze auf dem Fußboden. Das Romantische eines solchen Zimmers entging uns durchaus nicht. Es gab dort keinen Strom, und deswegen stellten sie eine Kerze auf einen Teller. Wir blieben auf, da wir annahmen, dass es sich um die letzte Episode des Bedauerns und der Gewissensbisse unserer Mutter handeln würde, ehe sie dann wirklich die Nacht zusammen in unserem Haus verbrachten. Wir hatten uns damit abgefunden, dass es unausweichlich war, und fragten uns nur noch, wann wir gezwungen sein würden, seine Kinder in einem scheußlichen Biergarten in der Vorstadt kennen zu lernen.

Dann passierte etwas Seltsames, er ging. Es gab keine Gefühlsausbrüche von Seiten meiner Mutter. Sie schrie ihm nicht hinterher und warf auch keine Flaschen. An der Haustür entstand Gedränge, vielleicht gab sie ihm einen Abschiedskuss, ehe er ging. Aber mittlerweile konnte ich zwischen einem langen, leidenschaftlichen Kuss und einem kurzen, beiläufigen Bussi unterscheiden, und das hier war Letzteres.

Ich lag im Bett und strampelte vor Freude mit den Beinen. Er hat ihr den Laufpass gegeben, dachte ich. Ist zu seiner Frau zurück. Das tun sie immer, jedenfalls laut meiner Mutter. Aber das war nicht der Fall. Meine Mutter hatte die Sache beendet.

Wir konnten nicht glauben, dass die Anziehung zwischen beiden einfach erloschen war. Wenn sie zusammen waren, hatten sie eine solche Ausstrahlung. Sie waren füreinander bestimmt. Wir hatten uns auf einen Stiefvater eingestellt. Als wir keinen bekamen, als sie die Sache beendete, konnten wir unser Glück nicht fassen. Wir dachten die ganze Zeit, nächstes Wochenende wird er schon wieder auftauchen, dann eben das Wochenende darauf, schließlich dachten wir, dass sie es sich vielleicht anders überlegen und ihn anrufen würde, aber das tat sie nicht. In den kommenden Monaten überraschte ich mich dann selbst, denn ich überlegte es mir anders, ich betete, er würde wieder vorbeikommen, weil meine Mutter vollkommen niedergeschlagen war.

Aber schließlich wurde uns klar, dass er nicht zurückkommen würde. Mit dem Tod des Baums war die Leidenschaft meiner Mutter für den

Abflussmann erloschen. Das Schweigen schien sich ihrer zu bemächtigen, und ich hasste es, so eine leidenschaftliche Frau mitten im Leben erstarren zu sehen. Manchmal brach es noch aus ihr hervor, und sie drehte vollkommen durch. Sie schrie uns an und kleidete sich eine Woche lang nur lila, doch die meiste Zeit war sie normal, und das ist das fürchterlichste Verbrechen des Lebens.

Das war das Ende dieser Ära. Das Leben war nicht immer voller Kummer, manchmal vergaßen wir ihn lange, dann wurden wir wieder buchstäblich zerrissen von der Erinnerung an ihn, dann ging das auch wieder vorbei und kehrte ab und zu zurück wie ein alter Freund.

35. Kapitel

Und alles ging weiter, das Leben aller. Nirgendwo gab es einen Todesfall, und das machte Dads Tod noch ungewöhnlicher. Achtzigjährige Tanten feierten ihre Geburtstage und irgendwelche goldenen, silbernen und diamantenen Jubiläen. Eltern von Freunden wurden Großeltern, und niemand schien mehr zu sterben. Ich sehnte mich förmlich danach, dem Tod wieder zu begegnen. Ich dachte, dass ich ihn vielleicht verstehen würde, wenn ich das Ableben von jemandem beobachten könnte. Vielleicht würde mich das auch von dem Schmerz über den Tod meines Vaters befreien. Aber alle anderen schienen unsterblich zu sein.

Gelegentlich dachte ich, ein Elternteil weniger bedeutete, dass ich nur noch einen verlieren kann.

Ich hatte den Verdacht, meine Mutter würde noch lange nicht sterben. Sie würde so alt werden wie Methusalem, ich würde mich also mit der üblen Angelegenheit ihres Todes erst befassen müssen, wenn ich viel älter war und es mich nicht mehr so mitnehmen würde. Und der Himmel, der so ausgesehen hatte, als würde er sich öffnen und meinen Vater aufnehmen, wurde schließlich an der Stelle, an der er entzweigerissen war, wieder vernäht. Die ausgefranste Naht heilte, und das Himmelsrund wurde wieder dieses gewaltige Blau dort oben, das die Möglichkeit verkörpert, dass in einem Leben alles passieren kann.

Dann kam die weiterführende Schule, und ich wünschte mir nichts sehnlicher, als eine andere zu werden. Ich wollte nicht mehr das Mädchen sein, dessen Vater gestorben war. Ich träumte davon, eine weit entfernte Schule zu besuchen, in der niemand meine Vergangenheit kannte, aber dafür war kein Geld da, und so ging ich in die Schule mit Mädchen, die mich von vorneherein in die Rolle der Vaterlosen drängten. Ich sehnte mich danach, dass man mich anders definieren würde, als die Schlaue oder als das Mädchen, das gut schwimmen konnte, meinetwegen auch als das Mädchen, das rauchte oder sich mit Jungen rumtrieb. Aber ich war immer nur das traurige Mädchen, dessen Vater gestorben war. Das bestätigten sich alle ständig gegenseitig.

Ich weiß nicht, ob meine Brüder dasselbe Problem hatten. Sie besuchten andere Schulen, in denen man sie mit Nachnamen ansprach. Sogar Gerard, unser Baby, wurde groß und O'Neill gerufen. Ich fragte, wie man sie rufe, wenn sie auf dem Schulhof seien und der Lehrer sie unterscheiden wolle. Wenn jemand O'Neill rief und sie beide antworteten, dann heiße es: »Nicht du, O'Neill. Du, O'Neill!«

Und sie deuteten auf den O'Neill, auf den sie es abgesehen hatten. Ihre Vornamen wurden nie benutzt. Meine Brüder fanden das nicht weiter komisch oder ungewöhnlich.

Nachdem ich der Zwangsjacke der Schule entronnen war und ein Gefühl von Freiheit aufkeimte, nahm ich trotzdem nicht richtig am Leben teil, sondern blieb vor den Toren der Stadt. Immer fühlte ich mich zu Leuten hingezogen, die einen geliebten Menschen verloren hatten, gelegentlich auch ein Körperteil. Leute mit beiden Eltern waren für mich etwas ganz Besonderes, in meinen Augen besaßen sie alles. Ich hatte nur wenige Erinnerungen an meinen Vater, und meine Mutter wollte nichts erzählen oder erinnerte sich nicht. Bei meinen Brüdern war das ähnlich. Edward erinnerte sich, wenn er ein Glas zu viel getrunken hatte, an Dad beim Fußballspielen oder wie er ihm das Krawattebinden oder das Tischlern gezeigt hatte. Das half mir auch nicht weiter.

Ich suchte nach etwas Umfassenderem, nach einem Bild von ihm als Individuum, nicht so sehr als Vater.

»Was ist deine deutlichste Erinnerung an Dad?«, fragte ich James ohne Vorwarnung und kam ohne Umschweife direkt auf das Persönlichste zu sprechen.

»An dich erinnere ich mich bei allem nur noch sehr vage«, fuhr ich fort.

»Ich weiß noch, dass ich das Gefühl hatte, nicht zu existieren«, antwortete er. »Ich war irgendwie nicht ganz auf der Erde.« Das hätte ich genauso sagen können.

Das war das Seltsame. Er hatte sich immer so gefühlt wie ich, gedacht wie ich, aber ich hatte ihn nicht beachtet, vermutlich deswegen. Es interessierte mich mehr, was Edward dachte und wie viel Gerard wusste, und da meine Mutter immer im Mittelpunkt stand, hatten wir alle ein Verhältnis zu ihr, das Beziehungen untereinander nahezu ausschloss. Es existierte eine Wut auf meine Mutter, die hatten wir alle vier, jedoch aus unterschiedlichsten Gründen. Sie verband uns immer noch, wenn wir zusammen waren und sie nicht dabei war. Sie machte unsere Vertrautheit aus, diese unausgesprochene Wut auf sie. Wir erinnerten uns, wie wir Pläne gegen sie geschmiedet hatten und einmal sogar versucht hatten, sie mit einem Pulver aus Edwards Chemiekasten zu vergiften. Aber das Pulver war hellgrün, und sie merkte sofort, dass etwas nicht stimmte. Wir hatten es mit grünem Limonensirup gemischt, den sie ohnehin nie trank. Sie war also vorgewarnt, schwor aber trotzdem, dass sie die Bullen rufen und uns alle ins Kinderheim schicken würde.

Meine Mutter schwebte immer noch über allem und trug meist Sachen, die sonst niemand anziehen würde, aber irgendwie konnte sie sich das erlauben. Obwohl Dads Tod jetzt schon lange zurücklag, wurden wir alle diese unbestimmte Wut nie ganz los, die uns manchmal in den dünnen Wänden jenes Hauses verloren fühlen ließ. Und es gab Tage, da war ich noch genauso wütend wie an jenen Abenden, als sie mich an den Pfarrer und Mr. King verraten hatte. Der Schmerz und die Kränkung einer Zehnjährigen. Ich hatte gedacht, die Jungen seien dagegen immun, aber ihre Wut sah ich ebenfalls aufblitzen.

Einmal traf sich die ganze Familie zu einem Picknick. Meine Mutter war immer noch dünn wie eine Bohnenstange. Sie interessierte sich kaum fürs Essen, legte aber allergrößten Wert darauf, dass alle anderen tüchtig aßen.

»Lass mal etwas Wurst für die Kinder rüberwachsen«, rief Mum meinem Bruder Edward zu, der gerade die geschwärzten, gebogenen Gebilde auf einem tragbaren Grill wendete. Er winkte mit seiner Grillzange in meine Richtung. Ich grinste bei seinem Anblick. Er schwitzte über dem Rost. Der Rauch stieg durch das graue, raschelnde Laub der kümmerlichen Eukalyptusbäume in den Himmel. Er reichte den Kindern Würstchen. Dann sah ich, wie er einen Teller voll lud und unserer Mutter gab.

Ich sah das, alle schienen es zu sehen – außer Edward. Es war ein Teller voller verbrannter Sachen, der Ausschuss. Gerard fand das sehr lustig.

»Freund, das ist doch vollkommen verbrannt«, sagte er.

Ich musterte Edwards Gesicht. Er sah furchtbar aus. Er hatte gedacht, er würde sie lieben. Das ging ihm gerade durch den Kopf. Wenn er das tat, warum hatte er ihr dann einen Teller mit ungenießbarem Essen gegeben?

»Tut mir Leid, Mum«, sagte er.

Und Mum schaute mit einer hochgezogenen Augenbraue zu ihm herüber, um ihn wissen zu lassen, sie habe die Symbolik verstanden.

An diesem Tag fuhr sie auch James an. Er behandelte sie oft von oben herab wie ein Kind, wenn sie ein falsches Wort gebrauchte oder sich in etwas irrte.

»Behandle mich nicht, als sei ich schwachsinnig, denn das bin ich nicht, und falls doch, dann bist du das auch«, sagte sie schließlich.

Und ich sah, dass sich James ganz in sich vergraben musste, um herauszufinden, worin das Problem bestand. Sie hatte keine Zeit und nicht die Voraussetzungen, um uns dabei zu helfen, unsere Wut zu verarbeiten. Sie sei ebenfalls wütend, sagte sie. Das sei eben so. Dennoch wünschten wir uns, sie wäre etwas hilfsbereiter.

Ich hatte eine eigene Rechnung mit ihr zu begleichen. Wir hatten uns auf ein Treffen geeinigt, aber ich fand, dass es auf neutralem Terrain stattfinden sollte. Irgendwo, wo man nicht abgelenkt würde, meinte ich. Obwohl wir uns beide von Dingen in unserem Haus nicht hätten ablenken lassen, hätten wir sie doch als Vorwand benutzt, wenn sie da gewesen wären.

Ich verlangte eine Entschuldigung. Ich weiß jedoch nicht, wofür. Ich wusste und spürte, dass ich eine verdient hatte, dafür, dass ich ihre Tochter sein musste. Jede Mutter sollte sich für ihr Verhalten, für ihre Entscheidungen entschuldigen, dafür, was sie getan und was sie unterlassen hat. Ich war darauf vorbereitet, mich ebenfalls zu entschuldigen, dafür, dass ich ein junges Mädchen war, und dafür hatte ich diesen Zeitpunkt gewählt. Ich hoffte, meine Mutter würde das wissen und meine Gedanken lesen können.

Wir trafen uns auf einem Berg oberhalb der stickigen Vorstädte, die sich unter uns bis zum Meer ausdehnten. Wir saßen in dem kühlen Regenwald. Nicht die Krähen und Spatzen der Vorstädte untermalten unsere Unterhaltung, sondern das Rufen der Paradiesvögel und das Gezwitscher des Glockenvogels. Die Vorstädte lagen unter uns, sie machten unsere gemeinsame, im Herzen verwurzelte Identität aus, der wir nicht entrinnen konnten. Es war eine merkwürdige Begegnung, weil wir beide etwas von ihr erwarteten, das uns einen Neuanfang ermöglichen würde, einen Vorsatz für einen Wiederbeginn.

Aufgelöst war meine Mutter herbeigestürzt. Der Kühler habe gekocht, und sie habe Glück gehabt, dass sie überhaupt auf den Berg gekommen sei. Wieso wir uns hier oben hätten treffen müssen? Ihre exzentrische

Art, die mich immer amüsiert hatte, ging mir mit den Jahren immer mehr auf die Nerven.

Das sei ihre Idee gewesen, erinnerte ich sie.

Jetzt sahen wir uns an und konnten uns nicht mehr erinnern, warum wir uns hatten treffen wollen. Um uns zu sehen, um Schnappschüsse unserer Vergangenheit auszutauschen, die unterschiedlichen Versionen zu vergleichen, aber warum ausgerechnet jetzt? Warum nicht letztes Jahr oder das Jahr zuvor? Ich wusste es nicht.

»Wie war Dad?«, fragte ich, obwohl ich diese Frage gar nicht hatte stellen wollen. Meine Mutter ließ sich nicht aus der Ruhe bringen, hielt nicht inne, um die Frage auf sich wirken zu lassen oder um die Bedeutung des Augenblicks zu unterstreichen, indem sie eine lange Pause machte.

»Oh, ich weiß nicht«, sagte sie.

»Das tust du doch.«

»Nein. Ich habe ihn fast vergessen.«

»Nein, das hast du nicht«, erwiderte ich.

»Ich habe versucht, ihn zu vergessen, und das so lange, dass es fast funktioniert hätte.«

Ich versuchte es erneut. »Wie war er denn, als er jung war?«, wollte ich wissen.

»Du hast doch Fotos gesehen«, antwortete sie.

»Natürlich habe ich Fotos gesehen, aber war er, ich weiß nicht, lustig vielleicht oder glücklich?«

»Er war wie du.«

Mehr bekam ich aus ihr nicht heraus, aber irgendwie half es mir trotzdem.

»Erzähl mir doch noch mal, wie du ihn kennen gelernt hast«, forderte ich sie auf.

»Sie«, begann sie und richtete ihren Blick auf die Vorstädte unter uns, »dein Vater und Ab transportierten ein Haus zum Nachbarblock, und ich machte ihnen eine Tasse Tee, und das war alles.«

Das hatte ich schon früher gehört, aber ich liebte die Gefühle, die mich bei dieser Geschichte überkamen. Ich hatte mir ein Bild von diesem Tag gemacht. Das Haus, das die Bäume berührte, als es die Straße entlangkam und über den Rinnstein rumpelte. Meine Mutter, die zusammen mit ihrer Mutter zusah, wie ein halbes Haus am Fenster vorbeischwebte.

»Hat Großmutter gesagt, dass du ihnen eine Tasse Tee machen sollst?«, fragte ich.

»Wo denkst du hin, ich habe deinen Vater gesehen und gesagt: ›Denen bringe ich eine Tasse Tee raus.‹«

Das war für mich ein starkes Bild, die erste Begegnung meiner Eltern. Ihre Augen, die denen des anderen zum ersten Mal begegnen. In der Unterwelt warten bereits vier Kinder, um mit dem Fallschirm auf die Erde abzuspringen und sich ihnen anzuschließen.

Jetzt, später, konnte ich von dem Berg die Zäune und Grenzen der Vorstadt unter mir sehen. Ihr konnte ich geographisch entkommen, aber nicht mental. Ich konnte wütend auf meine Mutter sein, Gegenstände auf sie schleudern und sie anschreien, eine Entschuldigung fordern oder dass sie gefälligst meine Gedanken lesen solle, aber das würde an dem fundamentalen Problem nichts ändern, dass sie nicht mein Vater war, und genau das war das Problem.

Ich wusste nicht, dass alles, was ich wollte und brauchte, die Liebe meines Vaters war. Ich wusste nicht, warum ich das nicht wusste und warum mir das niemand sagen konnte. Zum einen, dass ich sie nicht bekommen konnte, zum anderen, dass meine Mutter sie mir nicht geben würde. Ich hatte lange gebraucht, um dahinter zu kommen. Jahre der Qual, gefangen in meinem benebelten Kopf.

Langsam und über die Jahre wurde ich meiner Mutter gegenüber milder gestimmt, und sie wurde mir gegenüber das, was sie immer gewesen war – meine Mutter. Ich sah ein, dass ich etwas forderte, was ich nicht bekommen konnte. Ich konnte die Liebe des Vaters nicht von der Mutter bekommen und umgekehrt. Menschen waren unterschiedlich, und ich musste mich damit abfinden, dass man manchmal das andere nicht bekommt oder dass man es zehn Jahre oder zehn Tage lang hat und dann den Rest des Lebens damit auskommen muss. Aber man kann dieselbe Liebe von keinem anderen bekommen. Und es zerstört das Leben, wenn man es versucht. Dass ich das schließlich lernte, war eine Befreiung, aber das kam viel, viel später. Ich lernte das und auch, dass manche Rollen unbesetzt bleiben.

36. Kapitel

Viele Jahre später nahm ich mit meinem Vater wieder Kontakt auf. Ich weiß nicht, warum, denn immer noch war niemand gestorben. Es war mir nicht gelungen, meine Trauer um ihn bei der Beisetzung von jemand anderem zu begraben.

Ich weiß nicht, warum ich beschloss, dass ich mit ihm sprechen musste. Es war der Jahrestag seines Todes, und ich ging zu seinem Grab. Ich sagte: »Tut mir Leid.«

»Es braucht dir nicht Leid zu tun«, antwortete er.

»Aber ich habe dich verdrängt, dich vergessen, dich tot liegen lassen.«

»Du musstest das, und trotzdem bist du jetzt hier.«

»Ich bin eine Opportunistin«, sagte ich. Ich weiß nicht, warum ich das sagte.

»Liebe deine Mutter«, meinte er. »Sie ist eine gute Frau.«

»Ich weiß«, erwiderte ich immer wieder. »Ich weiß, ich weiß, ich weiß. Ich werde nur so klein, wenn ich sie sehe. Dann bin ich wieder zehn.«

»Nächstes Mal, wenn du sie siehst, kannst du ja versuchen, elf zu sein.«

Statt Blumen ließ ich einen Stapel nasser Papiertaschentücher auf seinem Grab zurück.

Es scheint mir so lange her zu sein, dass ich mit Megan geschaukelt bin mit keiner Sorge auf der Welt außer, welche Wolkengestalten vor dem harten Blau über uns dahintrieben. Das ist eine Million Meilen weit entfernt, fast jedenfalls. Falls jeder Tag hundert Meilen entspricht, dann ist jedes Jahr sechsunddreißigtausendfünfhundert Meilen und zwanzig Jahre sind siebenhundertdreißigtausend Meilen weit entfernt, zwar keine Million, aber immerhin.

Doch die Vergangenheit bleibt ein Ort, den ich gerne besuche, und die Wolken türmen sich immer noch in meinem Leben, massive Wolkenbänke. Manchmal schichten sie sich so auf, dass sie das Leben und die Geschichten aller enthalten. Ich sehe meine Geschichte auch in großen Schichten, und sie lassen mich an Megan denken und daran, wie wir unsere Geschichten in die Wolkenstreifen hineinlasen und verglichen. Meine Geschichte war in ihrer enthalten und ihre in meiner. Die Geschichte des Baums fand sich dort, aber aus beiden Perspektiven. Die Freiheit, die Wolken mit ihr zusammen von unserer großen Schaukel aus zu deuten, fehlt mir jedoch, und die Freiheit, ein Kind in der Abenddämmerung zu sein.

Über die Jahre hinweg habe ich bemerkt, dass gewisse exzentrische Eigenschaften bei uns vieren an die Oberfläche kamen. Wir schlummerten alle in unserem Kokon bis zu einem späteren Zeitpunkt im Leben. Erst dann gestatteten wir es uns, das Geschenk der Freiheit anzunehmen, wie es uns unsere Mutter täglich gezeigt hatte. Meine drei Brüder haben jeder eine eigene Geschichte. Ich kann sie nicht für sie erzählen. Wir haben über den Baum gesprochen und darüber, was er bedeutet hat, aber es ist viel Zeit vergangen, und jetzt steht ein riesiger Eukalyptus an seiner Stelle.

Sie haben mir nie erzählt, warum sie nicht auf den Baum klettern wollten, um mit Dad zu reden. Das alles bleibt ungesagt. Ich wusste, dass es sie damals verlegen machte und dass sie nicht daran glaubten, oder falls sie es doch taten, hätten sie das nie zugegeben oder danach gehandelt. James hätte das an einem Tag, an dem er vollkommen verzweifelt war, vielleicht getan, aber das wäre mehr so gewesen, als hätte er aus Gewohnheit ein Gebet vor sich hingesprochen, obwohl er nicht an Gott glaubte.

Edward hat die meisten Kinder, und das hat nichts damit zu tun, dass er katholisch ist. Er hat sie einfach, und sie haben alle tadellose Zähne.

Völlig unerwartet übernahm Gerard Dads Geschäft von Ab und wurde sehr erfolgreich. James war ein Spätentwickler, er war noch später dran als ich, weil er viele Jahre lang durch die Welt zog.

»Montagskinder haben einen langen Weg vor sich«, sagte meine Mutter immer.

Er schloss sich eine Weile einer Sekte an. Mum machte sich auf den Weg, um ihn irgendwo in Frankreich zu retten. Ich stelle mir vor, wie sie ihn beim Ohr packte, als sei er immer noch acht Jahre alt. Sie schaffte ihn zum Flughafen und brachte ihn zurück. Nicht einmal einen Abstecher nach Paris machte sie. Wir konnten das alle nicht glauben.

»Warum sollte ich?«, sagte sie. »Deswegen bin ich doch nicht gefahren. Ich bin gefahren, um euren verdammten Bruder zurückzuholen.«

Mit Gott war aber immer noch nicht alles im Reinen, oder zumindest hatte ich den Eindruck, dass meine Mutter das so sah. Hätte sie das Gefühl gehabt, mit ihm quitt zu sein, dann hätte sie nicht so wütend sein brauchen. Seit Dads Tod hatte sie ihm – zumindest symbolisch – immer wieder mit der Faust gedroht und geschworen, dass sie ihn noch zurückbekommen würde.

Zwei Christen bekamen das meiste von ihrem Groll ab. Wenn Er sich ihr schon nicht im fairen Kampf stellen wollte, dann musste sie es zumindest einigen von Seinen Jüngern heimzahlen.

Vor ihrer Haustür kam es mit zwei Frauen zu einem Wortwechsel. Von wegen, Gott sei unzuverlässig und nur eine faule Ausrede, mit ihm ließe sich alles entschuldigen. Die beiden Christinnen nahmen das offenbar recht gelassen auf. Dann kam es zu Tätlichkeiten. Vor Gericht ging es später darum, ob ein Fuß in der Türspalte gesteckt hätte, ehe meine Mutter zum Angriff übergegangen sei, oder erst anschließend. Meine Mutter hatte dann den Preis dafür zu zahlen, dass sie die Tür geschlossen hatte, während eine der Frauen ihren Fuß noch in der Spalte gehabt hatte. Die Verletzung wäre nicht so schlimm gewesen, aber da sie Sandalen anhatte, trug sie mehrere Brüche an Knöchel und Fuß davon.

Mr. Lombardelli war der wichtigste Zeuge vor Gericht. Er war auf dem Weg zum Bowling gewesen und hatte den ganzen schockierenden Vorfall miterlebt. Meine Mutter wurde nie verurteilt, weil es nicht genügend Beweise gab, aber der Schrecken war groß.

37. Kapitel

Etwa zu der Zeit, als Mum fünfundfünfzig wurde, meinte sie, ihre Zeit in den Vorstädten sei abgelaufen, und verkaufte das Haus. Wir hassten sie dafür. Wir konnten kaum glauben, dass sie so egoistisch war, wussten aber, dass es für sie Zeit war, das Haus hinter sich zu lassen. Sie war darüber hinausgewachsen und wir ebenfalls. Der Eukalyptus, den sie statt des Poincianabaums gepflanzt hatte, war immer nur ein kläglicher Ersatz gewesen. Die Erinnerungen trugen wir so oder so tief innen immer mit uns, und deswegen brauchten wir das Haus nicht mehr. Damals wussten wir das nicht, wir bettelten und protestierten und versuchten, uns Gründe einfallen zu lassen, warum sie das Haus behalten sollte. Sie setze sich zur Ruhe, sagte sie, und ziehe in den Norden ans Meer.

»Und zwar nicht in so ein übles Kaff, das nur aus Rentnern und einem Einkaufszentrum besteht«, meinte sie. »Alte Leute scheinen sich da regelrecht hingezogen zu fühlen.«

»Was willst du da?«, fragte ich.

»Wie soll ich das wissen?«, entgegnete sie.

»Du kennst da doch niemanden.«

»Und? Ich werde schon jemanden kennen lernen.«

Ich versuchte, sie davon abzubringen.

Sie hatte jedoch Recht. Es war ein kleiner Ort, alt und unverdorben, etwas südlich von dem Platz, an dem wir die Sommerferien verbracht hatten, nachdem Dad gestorben war. Und sie begegnete dem Abflussmann nach achtzehn Jahren wieder. Anfangs war es Zufall. Allerdings hatten sie über all die Jahre nie aufgehört, aneinander zu denken. Sie hatten zwar den Kontakt nicht gehalten, aber über Bekannte immer gewusst, wie es dem anderen gerade ging. Sie trafen sich am Ende einer Mole beim Angeln. Meine Mutter ist eine großartige Anglerin. Sie liebt den Kampf.

Sie begannen mit Angelausflügen in der Bay. Als die Monate verstrichen, wurde uns klar, dass die Sache ernst war. Als ich ihn zum ersten Mal wieder in der Auffahrt von Mums Haus sah, brach ich in Tränen aus, die riesigen Schluchzer kehrten zurück. Er erinnerte mich daran, wie mein Dad aussehen würde, wenn er noch am Leben wäre. Er wäre ihm ähnlich gewesen, nicht so alt, immer noch jung genug, um gesund zu sein und sich auf die Rente zu freuen. Warum, warum, dachte ich achtzehn Jahre nach seinem Tod schluchzend, musste er nur so jung sterben. Es war nicht leicht, meiner Mutter und dem Abflussmann meine Tränen zu erklären, aber sie wussten ohnehin Bescheid. Der Abflussmann war noch immer Dads Ersatz, selbst nach diesen vielen Jahren.

Jetzt leben sie zusammen in einem von Hibiskusbüschen mit Heuschrecken umgebenen Strandhaus. Der Abflussmann heißt George, aber wir nennen ihn Schrank, weil er noch immer einer ist.

Es ist keine normale Liebesgeschichte der Art, von denen man immer hört. Sie sind zwei zutiefst anziehende Seelen, die vollauf damit beschäftigt sind, sich miteinander auseinander zu setzen. Wenn sie zusammen sind, scheint es zwischen ihnen zu knistern.

Anfänglich verglichen wir ihn mit Dad, nicht im Detail, sondern weil er da war. Er wusste das und ließ sich nichts anmerken. Er erlaubte uns, ihm gegenüber grausam zu sein und ihn nicht weiter zu beachten, wenn wir unsere Mutter besuchten. Er forderte nie etwas. Er ist ruhig und wirkt selbstsicher, aber seine Stille hat eine Seite, die mehr auf Unterdrückung als auf Weisheit zurückzuführen ist. Es macht also großen Spaß, ihn auf den Arm zu nehmen.

Er gestattet Mum ihre Trauer, und Dad hat immer noch seine Anziehungskraft. Ich merke das an Dads Todestag oder seinem Geburtstag, wenn wir zum Grab gehen. George begleitet uns nicht. Er akzeptiert, dass Mums Beziehung zu Dad weitergehen muss, dass ihr gemeinsames Leben nicht zu Ende ist und dass er immer noch bei ihr ist.

Das Abenteuer kehrte in das Leben meiner Mutter zurück, es war eine Freude, das mitzuerleben, aber auf eine Art, die ich akzeptieren konnte. Sie lernte schießen, und das war ein Wendepunkt ihres Lebens. Die Gewalt, die von einem Gewehr ausgeht, diese Zerstörungskraft, war ein Trost für sie und erlaubte es ihr, ihre Verrücktheit auf Abstand zu halten. Nach und nach schoss sie ausgezeichnet. Sie nahm an Wettkämpfen teil. Wo sie auftrat, ruhte sie so in sich selbst, dass sie alle verblüffte. Sie wurde zur Hirschjagd nach Schottland und zur Fasanenjagd nach England eingeladen. Man bat sie, die überzähligen Kängurus im Outback zu erlegen. Wo sie auch hinfuhr, überall meinte man, noch nie jemandem begegnet zu sein, der so in sich selbst ruhte. Es war der perfekte Ausgleich für sie, das Schießen, das Angeln und ihr Schrank. Endlich hatte sie zumindest für eine Zeit einen geraderen Weg gefunden.

Vor ihrem neuen Haus wächst ein Poincianabaum, allerdings nicht so groß und prächtig wie der im Hof ihres alten. Er ist eher klein, noch nicht reif, aber seine Äste hängen zu Boden. Es gibt eine ganze Reihe solcher Bäume, und sie säumen die Straße, die an der Bay endet. Manchmal stelle ich mir die Toten in ihnen vor, die sich von Baum zu Baum schwingen und spielen und lachen, jammern und stöhnen und plappern wie ein Schwarm verrückter Papageien.

Judy Pascoe wurde in Australien geboren.
Sie tourte jahrelang als Akrobatin mit dem Zirkus Oz
durch die Welt, bis sie sich als Comedy-Künstlerin und Autorin
in England (Gloucestershire) niederließ.
Derzeit schreibt sie an ihrem zweiten Roman.